DAS GESCHENK DES KARIBUS

EIN HELD MIT GEWEIH UND GESINNUNG

EVE LANGLAIS

Copyright © 2019 Eve Langlais

Englischer Originaltitel: »Caribou's Gift: A Hero With Antlers and Attitude (Kodiak Point Book 4)«
Deutsche Übersetzung: Birga Weisert für Daniela Mansfield Translations 2019

Alle Rechte vorbehalten. Dies ist ein Werk der Fiktion. Namen, Darsteller, Orte und Handlung entspringen entweder der Fantasie der Autorin oder werden fiktiv eingesetzt. Jegliche Ähnlichkeit mit tatsächlichen Vorkommnissen, Schauplätzen oder Personen, lebend oder verstorben, ist rein zufällig.
Dieses Buch darf ohne die ausdrückliche schriftliche Genehmigung der Autorin weder in seiner Gesamtheit noch in Auszügen auf keinerlei Art mithilfe von elektronischen oder mechanischen Mitteln vervielfältigt oder weitergegeben werden.

Titelbild entworfen von: Amanda Kelsey © 2019
Herausgegeben von: Eve Langlais www.EveLanglais.com

eBook ISBN: 978-1-77384-115-1
Taschenbuch ISBN: 978-1-77384-116-8

Besuchen Sie Eve im Netz!
www.evelanglais.com
www.facebook.com/eve.langlais.98
twitter.com/evelanglais

PROLOG

Verdammt, ein Mann hat seinen Stolz und ein Karibu eine gewisse majestätische Ausstrahlung, doch all das könnte vollkommen vernichtet werden, sollte er sich tatsächlich dazu herablassen, während der Weihnachtsparade der Stadt ein einfältiges Rentier zu spielen.

Nie im Leben werde ich mein Geweih mit Lametta schmücken.

Auf keinen Fall werde ich eine rote Nase aufsetzen und einen Schlitten ziehen.

Und doch ändert er seine Meinung, als er die Frau kennenlernt, die mit der Leitung dieser Veranstaltung betraut ist.

Die alleinerziehende Mutter Crystal tut ihr

Bestes, um ihrer Tochter das schönste Weihnachtsfest der Welt zu bescheren. Es ist ihr erstes in Kodiak Point und sie ist entschlossen, es sich nicht von irgendeinem eingebildeten Trottel ruinieren zu lassen.

Wenn es unbedingt sein muss, würde sie dafür sogar lügen.

Als Crystal und Kyle mit den Köpfen – und den Lippen – aneinanderstoßen, entdecken sie, dass dieses Weihnachtsfest mehr als nur Fröhlichkeit zu bieten hat. Sie erhalten ein ganz besonderes Geschenk: Sie bekommen eine zweite Chance für die Liebe.

Willkommen in Kodiak Point, wo die Tiere vielleicht Kleidung tragen, aber die animalischen Instinkte die Herzen regieren.

KAPITEL 1

*Ihr kennt ja Boris und Travis und Brody
und Reid,
Jungs, die was draufhaben und sich was trauen.
Aber erinnert ihr euch
an den eingebildetsten Ex-Soldaten von allen?*

ER GAB seine Antwort mit Nachdruck. »Auf keinen Fall. Kommt nicht infrage. Nicht in hundert Jahren.« Da konnte Reid ihn bitten, so viel er wollte, aber Kyle würde sich auf keinen Fall dazu herablassen. Schließlich hatte man als männliches Rentier seinen Stolz und auch eine gewisse Verantwortung seiner Männlichkeit gegenüber.

»Ach, komm schon. Denk an die Kinder«, versuchte Reid, das Alphatier der Herde, ihn zu überreden.

»Denk doch lieber mal an mich!«, rief Kyle. »Weißt du eigentlich, was du da von mir verlangst?«

Ein Ausdruck der Belustigung erschien in den Augen seines Freundes. »Ja, und ich weiß, es ist keine leichte Mission. Und auch keine angenehme.«

»Warum fügst du dieser Liste nicht auch noch erniedrigend und unmännlich hinzu? Ich werde es nicht tun. Dafür darfst du mich gern bestrafen.«

Als Anführer des Clans und Gebieter über alle, die in Kodiak Point residierten, stand es Reid sehr wohl zu, Kyle für seine Weigerung zu bestrafen. Aber in diesem Fall würde Kyle seine Meinung auf keinen Fall ändern. *Soll er mich doch bestrafen.*

Es war nicht seine Schuld, dass der Stadt für die bevorstehende Weihnachtparade ein Rentier fehlte. Ein älterer, einheimischer Hirsch hatte die Frechheit besessen, ein paar Tage vorher abzukratzen und sie mit einem Team von acht, statt der benötigten neun Mann zurückzulassen. Also setzten sie natürlich alle auf ihn. Er musste den Mut des Alpha-Rentiers bewundern, das es gewagt hatte, Kyle zu bitten, den offenen Platz in der Besetzung einzunehmen, die den Schlitten des Weihnachtsmanns ziehen sollte. Er bewunderte ihn zwar, lehnte aber trotzdem ab.

Undenkbar, so zu tun, als wäre er nur ein einfaches Rentier. Die Karibus waren majestätische Kreaturen, verglichen mit diesem einfach gesinnten, domestizierten Haustier. Aber es gab einige Leute – *nur gut, dass sie meine Freunde sind, sonst müsste ich sie töten* –, die es für akzeptabel hielten, ihn zu bitten, die Rolle eines Rentiers zu spielen, nur weil er ein Geweih besaß. Ein Elch hatte das auch, aber er sah niemanden, der Boris fragte, ob er die Rolle übernehmen wollte. Andererseits war Boris ausgesprochen leicht reizbar. Er würde wahrscheinlich jeden erschießen, der ihn darum bat.

Mission Nr. 732: An meinem Ruf als knallharter Typ arbeiten, damit die Leute keine blödsinnigen Dinge von mir verlangen.

Für all jene, die sich wundern ... während einige es vorzogen, mentale Listen zu erstellen, griff Kyle darauf zurück, Dinge als Missionen zu betrachten, eine Angewohnheit, die noch aus seiner Zeit beim Militär stammte. Einige der Missionen hatte er bereits erfolgreich abgeschlossen, wie zum Beispiel Mission Nr. 713, die Betty-Sue dazu brachte, ihm ein Stück von ihrem berühmten Apfelkuchen zu geben. Erfolgreich! Andere scheiterten, wie Mission Nr. 714, sein Versuch, ein zweites Stück zu bekommen, was zu Prellungen an seinen Knöcheln dank ihres berüchtigten Holzlöffels führte.

Travis, Reids jüngerer Cousin und Sohn der unbezwingbaren Betty-Sue, versuchte zu helfen.

»Mann, so schlimm ist es nun auch nicht. Tu einfach so, als würdest du eine Rolle spielen.«

Der junge Bär duckte sich, bevor Kyles Faust ihn traf. Schade. »Rollen zu spielen ist für –«

»Kreaturen des Waldes und Menschen. Das behauptest du immer wieder«, wiederholte Reid und verdrehte dabei die Augen. »Du weißt schon, dass ich es dir befehlen könnte.«

»Da lasse ich mich doch lieber von einem Bären verprügeln.« Es wäre ihm tatsächlich lieber, eine Tracht Prügel einzustecken, als von seinen Freunden ausgelacht zu werden. Ex-Armee-Soldaten verkleiden sich nicht als Rentiere mit Lametta in ihrem Geweih und blinkenden Lichtern an ihrem Geschirr, um einen Schlitten mit einem viel zu fröhlichen Walross zu ziehen, das keinen falschen Bart benötigt, um die Rolle des Weihnachtsmannes zu verkörpern.

»Weihnachtsmuffel.«

»Mir ein schlechtes Gewissen machen zu wollen wird nicht funktionieren«, erwiderte Kyle trocken.

»Das behauptest du.«

»Ja, das behaupte ich. Und ich fühle mich kein bisschen schuldig, Nein zu sagen. Ich bin mir ziemlich sicher, dass es kein Problem ist, wenn nur acht Rentiere den Schlitten ziehen.«

»Ich kann nicht glauben, dass du ihnen das bekannteste Rentier von allen vorenthalten willst.«

»Ach leck mich doch.«

»Ha, als würde ich mir den Appetit mit einer zähen und eingebildeten Kreatur wie dir verderben wollen. Aber ich könnte dich den Wölfen zum Fraß vorwerfen, oder in diesem Fall der Silberlöwin«, entgegnete Reid.

»Was meinst du damit?«

»Was ich damit meine? Wie willst du deine Weigerung Crystal erklären.«

»Wer zum Teufel ist Crystal?«

»Sie ist neu in der Stadt und hat sich freiwillig gemeldet –«

»Weil sie es nicht besser wusste«, schmunzelte Travis.

»– sich um die Organisation der Parade zu kümmern. Du kannst ihr selbst erklären, warum dein blöder Stolz dir wichtiger ist, als deinen Teil dazu beizutragen, die Kinder der Stadt glücklich zu machen.«

Einer Silberlöwin sagen, er würde bei der Parade kein dämliches Rentier spielen? »Kein Problem.«

Reid klopfte ihm auf den Rücken. »Wenn du meinst, mein mutiger Freund.«

Was er damit sagen wollte? Eine Silberlöwin mit zu viel Temperament. Immer noch kein Problem. Er konnte mit jeder alten Mieze umgehen.

Ich sage ihr einfach, es kommt überhaupt nicht infrage, dass ...

Ja, hallo! Ein ziemlich hübsches Ding erschien plötzlich in seinem Blickfeld und umgehend schwand jeder Gedanke aus seinem Gehirn, dem es plötzlich an Blut mangelte. Nun ja, nicht jeder Gedanke verschwand, nur die intelligenten, dafür hatte er jetzt eine neue Mission.

Mission Nr. 733: Wer war das heiße Gerät in den engen Jeans mit dem herzförmigen Po? Reid würde es wahrscheinlich wissen. Er kannte jeden in der Stadt und auch die meisten Leute von außerhalb.

»Lecker, lecker«, sagte Kyle und pfiff leise durch die Zähne. »Wer ist denn diese wundervolle Kreatur?«

Reid grinste. »Die Frau, die du da bewunderst, ist genau die, der du gleich eine Absage erteilen musst, du Idiot.«

Nein? Warum sollte ich –

Oh. *Oh.* Verdammt. Blöder Reid. Ja, wenn er allerdings dachte, ein hübsches Gesicht – und ein toller Körper – würden Kyle dazu bringen, seine Meinung zu ändern, hatte er sich geirrt. Er würde ihr fest, aber nicht allzu streng, absagen. Und dann würde er versuchen, sie dazu zu bringen, mit ihm auszugehen, sie war nämlich wirklich ein ziemlich heißer Feger.

»Crystal.« Reid winkte sie herüber und die Göttin mit den abwechselnd braunen und blonden Haaren, einer erstaunlichen Figur – nicht die klapperige Art, sondern die kuschelige – und der cremefarbenen Haut kam auf sie zu.

»Alpha«, sagte sie sanft.

»Wie schon gesagt, in meinem Clan legen wir keinen großen Wert auf Förmlichkeiten. Nenn mich einfach Reid. Du hattest ja schon das zweifelhafte Glück, Travis kennenzulernen.« Der junge Grizzly grinste sie an und zwinkerte ihr zu – woraufhin Kyles innere Bestie zu knurren begann.

Zu knurren? Seit wann wusste sein inneres Karibu, wie man knurrt, und seit wann zeigte es sich überhaupt eifersüchtig? Es stimmte, das Mädchen war hübsch, aber immerhin hatte er noch nicht einmal mit ihr geredet.

Nimm dein Geweih hoch, wir greifen niemanden an, schalt er das Tier in sich.

Reid zeigte mit dem Arm an Travis vorbei zu Kyle. »Und das hier ist der Typ, von dem ich dir erzählt habe. Unser einzigartiges und wunderbares Karibu.«

Sowohl das Leuchten ihrer grünen Augen bei dieser Ankündigung als auch das Lächeln, zu dem sich ihre Lippen verzogen, verwirrten Kyle so sehr, dass er Teile des Gesprächs verpasste und sein blutleeres Gehirn sich erst bei diesen Worten wieder einschaltete: »… so froh, dass du dich als freiwilliger Helfer gemeldet hast.«

»Moment.« Kyle hielt die Hände hoch, um ihr Einhalt zu gebieten. »Was diese ganze Sache angeht, dass ich ein Rentier spielen soll …«

Reid kicherte. »Und auf dieses Stichwort hin

gehe ich besser. Komm schon, Trav.« Hinter Crystals Rücken machte Travis beim Gehen die Geste bevorstehenden Todes, indem er sich gegen den Hals schlug und so tat, als würde er sich in einem stillen Todeskampf befinden, wobei er die Augen verdrehte. Dann gingen ein lachender Reid und der junge Bär, der offensichtlich einen Todeswunsch hegte, und ließen Kyle mit Crystal allein.

Sie platze los: »Es tut mir so leid. Habe ich zu viel geredet? Das wollte ich nicht. Ich bin nur so nervös. Nach all der Freundlichkeit, die Reid und alle anderen mir bewiesen haben, indem sie mich im Clan aufgenommen haben, bin ich fest entschlossen, ihnen etwas zurückzugeben, und ich fange damit an, indem ich die Parade zu einem Erfolg mache. Schließlich ist das etwas, an dem jeder sich erfreuen kann. Es ist so nett von dir, dass du dich freiwillig meldest.«

»Also, was die Parade und so angeht, ist es so, es war nämlich Reid, der mich als Freiwilligen gemeldet hat, das Rentier zu spielen.«

»Das hat er. Vielen, vielen Dank.«

Autsch, jetzt konnte er zusehen, wie er seine Geweihenden vorsichtig aus dem dornigen Busch herausziehen konnte, in den Reid sie gerammt hatte. Kyle schämte sich fast, als er die nächsten

Worte von sich gab. »Ja, danke mir nicht zu früh, denn ich kann es leider nicht machen.«

Ihr extrem glückliches Gesicht wurde plötzlich zu einem unglaublich enttäuschten. Der Glanz in ihren Augen starb und ihr Lächeln verschwand. »Was soll das heißen, du kannst es nicht machen?«

»Also, es ist so, ich habe einen Ruf zu verteidigen, und da geht es gar nicht, dass ich das Rentier mime. Ich bin mir sicher, dass du das verstehen kannst.«

»Klar kann ich das verstehen. Du bist eingebildet.« Und ja, sie wagte es, ihn herablassend anzulächeln, während sie es sagte.

Ganz im Ernst? Er hatte schon Männer für weniger getötet. Aber sie war eine Frau. Seufz. Das bedeutete, dass man weniger zuschlagen konnte, dafür aber mehr reden musste. Wenn er es ihr vielleicht erklärte? »Ich bin nicht eingebildet. Ich will nur nicht, dass die Leute sich über mich lustig machen.«

»Weil du eingebildet bist. Gibt es in deiner Familiengeschichte vielleicht irgendwo einen Pfau?« Sie machte sich mit einer solch sanften Miene über ihn lustig, dass es einen Moment dauerte, bis er die Beleidigung verstand.

»Hey. Das ist ja nicht sonderlich nett.«

»Genauso wenig wie dein blöder Grund, nicht bei der Parade auszuhelfen. Allerdings ist das nicht wirklich eine Überraschung, nicht wahr? Ich hätte es von einem wie dir erwarten sollen.« Sie sagte es erneut mit diesem abschätzigen Ton.

»Von einem wie mir?« Er zog die Augenbrauen hoch. »Und was für einer bin ich deiner Meinung nach?«

»Ein eingebildeter Idiot. Ich weiß alles über Typen wie dich. Voller Tattoos und Muskeln, die denken, sie sind Gottes Geschenk an die Frauen, purer Sex auf zwei Beinen.«

Auch auf vier Beinen, aber er sprach es nicht laut aus.

»Du bist daran gewöhnt, das zu bekommen, was du willst, indem du einfach nur lächelst, und scherst dich einen Dreck darum, wer dabei auf der Strecke bleibt.«

»Ähm, bilde ich mir das nur ein oder geht es hier um mehr als nur mich?« Da hatte jemand aber gewaltige Probleme mit Männern.

»Das geht dich gar nichts an. Ich würde ja sagen, dass es schön war, dich kennenzulernen, aber das wäre eine Lüge. Vielen Dank für gar nichts.«

Mit diesem unverschämten verbalen Schlag

drehte sie sich um und stolzierte davon, wobei ihr süßer Arsch hin und her wackelte.

Ich glaube, ich habe meine Chancen ruiniert, mit ihr zu schlafen.

Aus irgendeinem Grund machte ihm das mehr aus, als er gedacht hätte.

KAPITEL 2

Wie egoistisch konnte man überhaupt sein! Crystal konnte nicht fassen, wie unverschämt dieser Mann war, sich zu weigern, an der Parade teilzunehmen, weil er dachte, Rudolph zu spielen wäre unter seiner Würde.

Was für ein Idiot sagte sowas?

Kyle anscheinend. Was für ein dummer, arroganter, gut aussehender und perfekt gebauter Idiot.

Es zeigte nur, dass sie in Bezug auf ihre Männerauswahl noch immer einen Klaps brauchte. Hatte sie ihre Lektion nicht gelernt, was gut aussehende Typen betraf? Das Einzige, worum sie sich sorgten, waren sie selbst. Es war ihnen scheißegal, ob Dutzende von Kindern enttäuscht werden würden. Sie zogen die Tatsache nicht in Betracht, dass jede Art der Erheiterung ihretwegen gutmütig gemeint wäre. Sie konnten einfach mit nichts umgehen, was sie für einen Angriff auf ihren Stolz hielten.

Eine Schande, denn wenn Kyle sich als eine andere Art von Kerl erwiesen hätte, hätte sie sich vielleicht etwas Spaß mit ihm gegönnt – die heiße Art von Spaß, die von atemlosem Küssen kam.

Es war unbestreitbar, dass der Mann trotz seiner Eitelkeit einen wahnsinnigen Sex-Appeal ausstrahlte. Er hatte sofort Eindruck bei ihr hinterlassen, ihren Motor zum Schnurren gebracht. Wahrscheinlich kannte er sich mit dem Körper einer Frau aus. Was bedeutete, dass er der absolut Falsche für sie war.

Sie war nach Kodiak Point gezogen, um einem verrückten Ex-Freund zu entkommen, mit dem sie sich viel zu lange verabredet hatte, weil sie mit ihrer Libido anstelle ihres Kopfes gedacht hatte.

Das kann ich nicht noch mal durchmachen.

Nicht, nachdem es so schlecht für sie und ihre kleine Tochter ausgegangen war.

Arme Gigi. Sie hatte sich noch immer nicht von der schlimmen Trennung erholt. Nur die Erwähnung der Parade, die ihren Höhepunkt darin fand, dass der Weihnachtsmann von seinen acht Rentieren – »*Und Rudolph!*«, hatte Gigi ausgerufen – in seinem Schlitten die Hauptstraße entlanggezogen wurde, hatte ihre Augen wieder ein wenig zum Leuchten gebracht.

Und Crystal hätte alles getan, um dieses Leuchten in ihren Augen wieder regelmäßig zu sehen.

Es musste doch einen Weg geben, selbst wenn nicht mehr viel Zeit war, jemanden zu finden, der die Rolle des Rudolphs übernehmen konnte!

Aber als sie an Reid herangetreten war, weil ihr gesagt worden war, dass das Rentier, das den Rudolph spielen sollte, nicht mehr zur Verfügung stand, fiel Reid außer Kyle niemand anderes ein, der auch nur halbwegs dazu in der Lage wäre, diese Rolle zu übernehmen.

Und der hatte seinen Standpunkt klargemacht. *Zu fein, um das Rentier zu spielen. Also wirklich.* Falls sie ihn jemals als Karibu im Wald treffen sollte, würde sie vielleicht ihren Silberlöwen ein wenig damit spielen lassen. Wenn sie ihm ein paar Kratzer verpasste, würde er seine Meinung womöglich trotzdem nicht ändern, aber sie würde sich besser fühlen.

Aber nicht so gut, als würde ich ihm in meiner menschlichen Form mit den Fingernägeln über den nackten Rücken fahren.

Seufz.

»Was ist los, Mama?« Gigi erschreckte sie mit der Frage und es dauerte einen Moment, bis Crystal ihr Kind unter dem Zubehör für die Parade entdeckte, das über die große hangarähnliche Werkstatt verteilt war. Der riesige Raum sah fast so aus, als hätte Weihnachten sich darauf erbrochen. Überall wo sie hinschaute gab es Unmengen von Zeug. Kisten, aus denen das Lametta quoll, Anhänger, die mit Weihnachtsszenen und Lichtern dekoriert waren und über Schlittenkufen verfügten, um auf den mit Schnee und Eis bedeckten Straßen gut voranzukommen. Zwischen den Aufbauten und dem Chaos hingen Kostüme, eine wahre Armee von Elfen, Schneemännern und abscheulichen Schneebestien.

Gigi schaute sie mit ihrem kleinen Gesicht zwischen zwei rot gestreiften Thermo-Leggings an.

Crystal ließ sich auf die Knie fallen. »Mein Schatz, warum versteckst du dich hier? Ich dachte, du spielst mit den anderen Kindern im Pausenraum.«

»Das habe ich auch.«

»Und?«

Gigi zuckte mit den Achseln und ließ den Blick sinken.

Und obwohl sie nicht antwortete, konnte Crystal es sich schon denken. Jemand hatte ihr Angst gemacht. Wahrscheinlich nicht absichtlich. Schon allein ein überschwänglicher Vater, der sein Kind hochhob und durch die Luft wirbelte, konnte dafür sorgen, dass ihr kleines Mädchen Angst bekam.

Vielen Dank, Malcolm.

»Du weißt, dass dir hier niemand wehtun wird, ja?«

Sie nickte zaghaft.

»Falls dir jemand Angst eingejagt, sag es einfach deiner Mama, oder wenn ich nicht hier bin, Reid, unserem Anführer. Er lässt es nicht zu, dass böse Jungs kleinen Mädchen wehtun. Er wird sich um jeden kümmern, der dir Angst einjagt.« Falls Crystal ihm nicht vorher die Kehle aufriss.

»Aber er ist auch ziemlich Furcht einflößend«, gestand Gigi ihr.

»Weil er ein Alphatier ist. Aber ich verspreche dir, dass er den Bären in sich nur bei den bösen

Jungs rauslässt. Nicht bei süßen kleinen Mädchen.«

»Versprochen?«

»Versprochen.«

Ihr Telefon klingelte schon wieder in ihrer Tasche. Die wievielte Nachricht war das jetzt? Dreihundertzwei? Dreihundertdrei? Es spielte keine Rolle. Crystal wusste sowieso schon, was in der Nachricht stehen würde.

Ich werde dich finden, und wenn ich es tue, schleife ich deinen Arsch zurück nach Hause, wo du hingehörst.

Er hatte die Tatsache, dass sie Schluss gemacht hatte, nicht gerade gut aufgenommen. Ganz im Gegenteil hatte er sich geweigert zu akzeptieren, dass Crystal nicht mehr mit ihm zusammen sein wollte. Sie hatte ihre Nummer mittlerweile dreimal gewechselt und sie nur ihrer Schwester gegeben, die ein paar Tausend Kilometer entfernt lebte, und ihrer Großmutter. Dem Arschloch war es egal, dass er ihre alte Oma zu Tode erschreckte. Er ließ nicht locker und schmeichelte der armen Oma, bis sie jedes Mal nachgab. Also behielt Crystal die aktuelle Nummer, um seine Belästigungen zu stoppen, behielt sie, auch wenn er sie ständig anrief. Sie antwortete nicht. Sie hörte seine Sprachnachrichten nicht ab. Löschte seine SMS.

Allerdings schien er trotzdem entschlossen zu sein, sie zurückzubekommen, und gab nicht auf.

Es musste ihn verrückt gemacht haben, als ihm klar geworden war, dass sie erneut umgezogen war. Sie wusste bereits, dass Malcolm sauer war, weil er keine Ahnung von ihrem Aufenthaltsort hatte. Beim letzten Mal, als er sie gefunden hatte, war es ihr nur mit der übereifrigen Hilfe eines mit Pfefferspray bewaffneten Frauenpaares gelungen, vor ihm zu fliehen. Danach wagte Crystal es nicht einmal mehr, ihrer engsten Familie zu sagen, wohin sie geflohen war, da sie an Gigis Sicherheit denken musste.

Viel Glück dabei, mich diesmal zu finden.

Crystal hatte Zuflucht an dem entlegensten Ort gefunden, an den sie sich wagte. Kodiak Point. Die Bevölkerung von einigen hundert Menschen wurde, wenn man den Berichten glauben durfte, von einem ehrenwerten Alpha angeführt, der sie mit offenen Armen und einem Versprechen der Sicherheit begrüßt hatte, als er von ihrer Situation erfahren hatte.

Mit der Zeit würde Gigi hoffentlich daran glauben, dass sie in Sicherheit war, und wieder das kleine Mädchen werden, das einst so viel gelacht hatte.

Crystal streckte die Arme aus und nickte ihrer Tochter einladend zu. Gigi sprang aus ihrem Versteck und schmiegte sich in ihre Arme. Crystal trug ihre Tochter zuerst ins Gemeindezentrum, wo sie ihre Jacken und Handschuhe hatten, und dann zu ihrem Auto, um sie zu dem Zuhause zu bringen, das sie für sich aufgebaut hatten.

Als Crystal Gigi in ihrem Kindersitz anschnallte, sagte diese leise: »Nur noch viermal schlafen, Mama, dann ist die Parade.«

»Du bist wohl ziemlich aufgeregt, den Weihnachtsmann zu sehen, was?«

»Und Rudolph.«

Und Rudolph. Verdammt. Crystal konnte nicht umhin, an Kyle zu denken und sich erneut über ihn aufzuregen.

War es zu viel verlangt, dass ihre Tochter die eine Sache bekam, die sie sich mehr als alles andere zu Weihnachten wünschte? Nämlich zu sehen, wie Rudolph den Schlitten des Weihnachtsmanns zog.

Allerdings stand ein Mann dem einfachen Traum ihrer Tochter im Wege.

Grrrr.

Oder vielleicht auch nicht.

Crystal war nicht entgangen, wie Kyle sie

anfangs angesehen hatte. Sie kannte diesen Blick. Erkannte sein lüsternes Interesse.

Wenn sie zu unfairen Mitteln greifen musste, um ihrer Tochter ihren Weihnachtswunsch zu erfüllen ... nun, dann würde sie es tun. Es war an der Zeit, ihren besten BH hervorzuholen – den, der ihre Brüste zusammenpresste und ihr damit ein unheimlich reizvolles Dekolleté verschaffte – und den engen Pulli mit dem tiefen Ausschnitt. Sie würde ihre Brüste einsetzen, um ein gewisses eingebildetes Karibu davon zu überzeugen, dass es diese Rolle unbedingt übernehmen wollte.

KAPITEL 3

Am nächsten Tag nahm Kyle sich frei. Als Elektronikexperte des Clans hatte er immer viel zu tun. Es gab immer etwas zu reparieren, egal ob Überwachungskameras oder Computernetzwerke. Manchmal musste er auch Reid dabei helfen, sein neues Handy einzurichten – ein bestimmtes Alphatier hatte nämlich die Tendenz, sein Handy gegen die Wand zu werfen, wenn ihm die Neuigkeiten nicht gefielen. Und auch wenn er kein Programmierer war, so kannte er sich doch mit Verkabelung aus – und er liebte es, Dinge hochgehen zu lassen. Das war eine Fähigkeit, die er seit Verlassen des Militärs nicht mehr oft anwenden konnte.

Außer zu Weihnachten. Er baute dann immer die besten Lichtshows auf.

Heute allerdings hatte Kyle etwas anderes geplant. Und so begab er sich schon früh am Morgen in die Zentrale der Parade. Nicht etwa weil er seine Meinung geändert hatte. Er würde auf keinen Fall Rudolph spielen. Aber da er nun mal großartig mit allem Elektrischen war, hoffte er, wieder ein wenig Boden gutmachen zu können, indem er sich freiwillig meldete, um bei den Licht- und Sound-Effekten zu helfen.

Das hörte sich so nett an. Das Problem war nur, dass Kyle den wahren Grund dafür kannte, warum er schon früh im Gemeindezentrum auftauchte – und ja, für ihn war elf Uhr früh, um in die Gänge zu kommen. Aber mit mehreren Tassen Kaffee war es ihm gelungen. Schließlich wollte er eine gewisse Berglöwin beeindrucken.

Seit er am Vorabend Crystal kennengelernt hatte, war sie ihm nicht mehr aus dem Kopf gegangen – nicht mal eine Minute lang. Haben Sie je den Ausdruck gehört: »Hey, Baby, du musst ziemlich erschöpft sein, du bist mir nämlich die ganze Nacht im Kopf herumgegangen«? Ja, das traf jetzt voll und ganz auf ihn zu. Ziemlich erstaunlich, um ehrlich zu sein. Kyle dachte normalerweise nicht viel über die Frauen nach, die ihm ins Auge gestochen waren. Normalerweise. Doch diesmal war es etwas anderes.

Sie hatte ihn komplett fertiggemacht. Ihm keinerlei Respekt und auch kein Interesse an ihm gezeigt. Und trotzdem ...

Ich muss sie wiedersehen.

Irgendwas an dieser Berglöwin – ihr Duft, ihr Aussehen, verdammt, sogar ihre Einstellung – zog ihn wie magisch an.

Da er weder wusste, wo sie ihre Freizeit verbrachte, noch wo sie wohnte, ging er davon aus, dass er die besten Chancen hatte, ihr wieder über den Weg zu laufen, wenn er in der Zentrale der Weihnachtsparade herumhing. Und nur für den Fall, dass Sie sich in Kodiak Point nicht auskennen – besagte Zentrale befand sich im Gemeindezentrum im Herzen der Stadt, dem wahrscheinlich größten Gebäude neben Beark Enterprises.

Da Gestaltwandler sehr viel Bewegung brauchen, besonders die jüngeren, bestand ein besonders hoher Bedarf für einen Ort, an dem man gefahrlos alle Energie loswerden konnte. Und das war auch der Grund dafür, dass der Komplex außerordentlich weitläufig war. Er verfügte über ein Schwimmbecken von olympischen Ausmaßen, ein paar Fitnesscenter, eine Indoor-Rennbahn und natürlich die enorm große Gemeindehalle – weil Gestaltwandler nämlich ausgesprochen gern gute altmodische Familienfeiern und Hochzeiten feierten. Hier gab es einfach alles. Zusammen mit einem riesigen Werkstattbereich, in dem die verschiedenen Paradewagen geparkt wurden, während die Leute daran arbeiteten.

Jetzt denken wahrscheinlich einige Leute, Kleinstadt, also gibt es nur kleine, popelige Wagen.

Falsch gedacht. Im Winter, besonders in der Zeit um Weihnachten, wenn ein Großteil des Tages in der Dunkelheit lag, war es besonders wichtig, sich zu beschäftigen. Man will ja nicht, dass sich lästige Zweifel den Weg in den Kopf bahnen. (Mission Nr. 417: Lass dich nicht von der Dunkelheit verrückt machen.)

Gibt es einen besseren Weg als einen freundlichen Wettstreit, um dunkle Gedanken zu bekämpfen? Der bot auch eine Gelegenheit, sein kreatives Talent unter Beweis zu stellen, während die dunklen Stunden verstrichen. Und natürlich war man auch stolz, wenn man den tollsten Wagen präsentieren konnte.

Angesichts der Tatsache, dass es nur wenige hundert Einwohner gab, war die Tatsache, dass sie mit siebzehn Wagen und einem tollen Weihnachtsschlitten aufwarten konnten, geradezu unglaublich.

Allerdings war es eine ziemlich nervenaufreibende Angelegenheit, das alles zu bewältigen.

Das Problem bestand darin, dass ein Haufen Tiere, die zusammengepfercht waren und um den Titel des besten Paradewagens kämpften, zu einer zooartigen Atmosphäre führen konnte. Oder zumindest war das in den Vorjahren der Fall gewesen. Es war ein Grund, warum Kyle dazu neigte, den Ort zu dieser Jahreszeit zu meiden, damit er nicht in eine ausufernde Fehde verwickelt wurde. Wie in dem Jahr, in dem das Winterwunderland der Schneefüchse von den Braunbären beleidigt worden war, deren Beitrag in diesem Jahr eine riesige Weihnachtsdinner-Deko war. Schon mal gesehen, wie ein ein Meter zwanzig großes Truthahnbein einen Tannenhain flach gemacht hat? Es war weniger traumatisierend als zuzusehen, wie der Schneefuchs mit flinken Sprüngen den schwingenden Styropor-Oberschenkel erklomm und sich auf den Kopf des Bären stürzte, der einen gottverdammten mädchenhaften Schrei von sich gab – über den sich die Leute heute noch lustig machten, worunter Buster noch immer zu leiden hatte. Es begann ein Kampf mit falschem Schnee und sogar mit falschem Essen.

Als Kyle sich umsah, war er erstaunt über die Tatsache, dass die Menschen in Harmonie zu arbeiten schienen. Oder zumindest schimpften sie nicht ständig miteinander. War das Crystal zu verdanken oder war die Stadt von einer Dosis guten Willens infiziert – hatte Jackson vielleicht das Gebäck wieder mit Gras versetzt? Das führte zu einem riesigen Mangel an Snacks in der ganzen Stadt, da Chips und zuckerhaltige Waren in lächerlichen Mengen konsumiert wurden. Es führte auch zu ein paar blutigen Kämpfen, als die Leute erbittert um den letzten Schokoriegel und den einzigen halben Liter Eiscreme im Kühlfach in den Gängen des Lebensmittelgeschäfts rangen.

Für alle Neugierigen – Kyle hatte in beiden Fällen gewonnen.

Aber Kyle war es egal, dass die Dinge ausnahmsweise einmal reibungslos zu laufen schienen. Kyle war auf einer Mission; Mission Nr. 735, um eine bestimmte Berglöwin zu überzeugen, ihm eine Chance zu geben. Nr. 734? Oh, die hatte damit zu tun, ein paar Karottenmuffins zu bekommen – ein Dutzend zum Frühstück und selten zu dieser Jahreszeit, da ihre einzige Hasenfamilie dazu neigte, Vorräte anzulegen – und einen gefrorenen Bananen-Erdbeer-Smoothie. Mission erfüllt.

Kyle streckte den Kopf nach links und dann nach rechts und durchsuchte den riesigen Raum, bis er sie entdeckte. Genauso heiß wie zuvor. Crystal hatte ein Klemmbrett in der Hand, einen entschlossenen Ausdruck auf dem Gesicht, trug unanständig enge Jeans – wie er sie am liebsten mochte – und ein enges Strickhemd, das die perfektesten Brüste zierte, die er je gesehen hatte, und bemerkte ihn nicht sofort.

Also starrte er sie an. Nichts war besser, um den Instinkt eines Tieres in Gang zu setzen. Er war sich ziemlich sicher, dass die Berglöwin in ihr seinen entschlossenen Blick nicht lange ignorieren würde.

Falsch gedacht.

Sie wirbelte nicht herum, um zurück zu starren. Er konzentrierte sich stärker und studierte jede ihrer katzenhaften Bewegungen, einschließlich wie der Pferdeschwanz sie im Nacken kitzelte. Mmm, dieser freiliegende Hals war verlockend.

Während sie sich mit vielen Menschen unterhielt, drehte sie sich kein einziges Mal um. Vielleicht fehlten ihr die Raubtierinstinkte.

Oder sie hält dich nicht für eine Bedrohung, schnaubte sein inneres Tier verächtlich.

Er musste wirklich an der Mission arbeiten, um seinen Ruf zu verbessern. Das war inakzeptabel.

Er gab nicht auf. Er starrte und starrte und ignorierte die amüsierten Blicke anderer. Er wollte sie nicht gewinnen lassen. Und schließlich, aha, verirrte sich ihr Blick in seine Richtung. Er bedachte sie mit seinem fesselndsten Grinsen. Es fiel, als ihr Blick an ihm vorbeiging und sie so tat, als würde sie ihn nicht sehen.

Er runzelte die Stirn. Das war neu. Normalerweise wenn er lächelte, lächelten die Leute zurück. Hatte er seine Gabe verloren? Funktionierte sein Lächeln nicht mehr?

Mission Nr. 736: Überprüfen der Wirkung des Grinsens, bei dem alle Frauen aus ihrem Höschen sprangen.

Er richtete sein bestes Lächeln auf eine Schar von Müttern, die in einer Gruppe neben einem Lebkuchenhaus aus echtem Lebkuchen und Süßigkeiten plauderten. Das Zucker-Paradies für Kinder und Erwachsene.

Aber zurück zu seinem Hundertwatt-Lächeln.

Die Wimpern flatterten, kokette Lächeln wurden entgegnet und eine winkte ihm sogar zu.

Mission erfüllt.

Alles funktionierte gut, was ihn betraf, also warum schien Crystal immun zu sein?

Sie ging von ihm weg und er verlor sie hinter einer riesigen Version von Frosty, dem Schneemann, aus den Augen.

Nachdem er sich in den Schritt gefasst hatte, weil ein Mann einer Frau nicht nachjagte, ohne zuerst sicherzustellen, dass er noch seine Eier besaß, folgte er ihr.

Seine Ausrede: Er wollte, dass sie ihm eine Aufgabe übertrug.

Sein wahrer Grund: *Ihr wollte ihr näher kommen.* Ein einfaches, aber starkes Bedürfnis, das nicht nur von den Bedürfnissen des Mannes, sondern auch denen des Karibus geprägt war. Es schien, als wäre sein inneres Tier von der Berglöwin fasziniert – einem Raubtier, das seine Art jagte.

Es hat mir schon immer gefallen, mit der Gefahr zu flirten.

Die Werkstatt pulsierte vor Geschäftigkeit, während verschiedene Stadtbewohner an den Wagen arbeiteten. Ein Radio spielte irgendwo Weihnachtsmusik – eine klingende Melodie, die von einem weißen Weihnachten erzählte. Zu dieser Jahreszeit nie ein Problem.

Als er den großen Schneemann erreichte, bog er um die Ecke, nur um ein wenig enttäuscht zu sein. Wohin war sie nur verschwunden? Mit all den verschiedenen Gerüchen, die an dem Ort herrschten, konnte er sie nicht verfolgen, besonders da sein Geruchssinn nicht der schärfste war. Das war eher eine Eigenschaft der Hunde.

Da er stets hartnäckig war, wenn er sich auf einer Mission befand, gab Kyle nicht auf. Er wanderte herum und ehe er es sich versah, half er Leuten beim Aufbau einer Krippenszene, wobei er aus irgendeinem Grund Lametta auf Leisten tackerte. Auf dem Grinch-Wagen fixierte er mit Klebeband einige Drähte. Er kroch sogar unter einen Anhänger, um eine lose Verbindung zu finden, die, sobald er sie zusammengefügt hatte, dafür sorgte, dass die Lichter in blendendem Glanz erstrahlten, was wiederum zu einem kleinen Jubel in der Gruppe führte, die daran arbeitete.

Während seiner verschiedenen Aufgaben begegnete Kyle Crystal nicht, aber er konnte gelegentlich einen Blick auf sie erhaschen. Das Problem war, als er mit seinem letzten hilfreichen

Einsatz fertig war und sich in ihre Richtung begeben wollte, war sie wieder verschwunden.

Verfluchte Frau. *Kann sie nicht mal fünf Minuten lang stillstehen?*

Anscheinend nicht. Und dann verschwand sie auch noch völlig. Er erkundete den ganzen Raum, ohne eine Spur von ihr zu finden. Und eigentlich hätte er es an diesem Punkt beenden sollen. Gehen sollen. Vielleicht hätte er ein Bier trinken und mit jemand anderem flirten sollen.

Aber nicht dieser Mann, wenn er sich auf einer Mission befand.

Verdammt, er war in aller Herrgottsfrühe, noch nicht einmal mittags, aufgetaucht, um sie zu sehen, und er würde sie finden. Mit etwas Hilfe. Er schluckte seinen Stolz herunter, versprach ihm später eine Entschädigung und schlenderte hinüber, lässig natürlich, um Ursa, Reids Großmutter, zu fragen, ob sie das Mädchen gesehen hatte.

Ihre Augen funkelten. »Wie bitte, Kyle, du willst doch wohl nicht behaupten, dass es endlich eine Frau gibt, die deinem Charme nicht einfach so erliegt?«

Ja, er war darüber auch erstaunt. »Wir haben einander auf dem falschen Huf erwischt.«

»Das habe ich auch gehört. Hast du also deine Meinung geändert, was die Rolle des Rudolphs betrifft?«

Kyle hätte sich fast unter Ursas fragendem Blick gewunden. Er hatte unter dem härtesten Rhinozeros in der ganzen Armee gedient. Da konnte er doch sicher dem Laserblick einer einzelnen alten Dame standhalten. Und es gelang ihm – gerade eben so. »Nein.«

»Wie schade.«

Mehr sagte sie nicht und trotzdem fühlte sich Kyle, als hätte sie ihn gescholten. »Ich bin sicher, dass die Parade auch ein Erfolg wird, wenn Rudolph sie nicht anführt.«

Ursa machte ein abfälliges Geräusch. »Wenn du dich dadurch besser fühlst, dann rede dir das ruhig ein.«

Warum taten sie nur alle so, als wäre es eine große Sache? Er wollte nicht den Freak mit der roten Nase spielen, und wenn schon? Es war ja nicht so, als würde er im Alleingang Weihnachten ruinieren. »Wenn du dann damit fertig bist, mir Schuldgefühle einreden zu wollen, könntest du mir vielleicht sagen, wo Crystal ist?«

»Ich dachte, ich hätte sie Richtung Stallungen gehen sehen.«

Richtung Stallungen mit den stinkenden Haustieren. Bäh. Kyle mochte diesen Ort nicht. Nicht weil er schmutzig oder schlecht instand gehalten war. Ganz im Gegenteil, Tiere, die von Gestaltwandlern gehalten wurden, waren im Normalfall ausgesprochen verwöhnt.

Es war die Tatsache, dass die Tiere eingeschlossen waren, die Kyle aus dem Konzept brachte. Er hatte Zeit in einem winzigen Gefängnis verbracht – zu viel Zeit – und er hasste es, daran erinnert zu werden. Also hätte Kyle sich fast dazu entschlossen, darauf zu warten, dass sie zurückkam. Aber dann fiel ihm ein, dass sie ihn vielleicht besser verstehen konnte, wenn sie ihn unter all den einfältigen Tieren sah. Verglichen mit ihnen sah sie vielleicht ein, dass er nicht als Rentier geeignet war.

Da die Stallungen nicht so weit entfernt waren, verzichtete er auf eine Jacke und lief hinüber zu den Ställen. Kaum war er dort eingetreten, vertrieb die Wärme im Inneren schnell die Kälte und sein Blut heizte sich weiter auf, als er Crystal sah, die die Nase eines der Tiere streichelte.

Ich habe da auch etwas, das du streicheln kannst. Reiß dich zusammen, Junge. Aber verdammt noch mal, in ihrer Gegenwart kam seine wollüstige Seite zum Vorschein. Und ihr zuzuhören half dabei auch nicht.

»Na, bist du nicht ein Hübscher?«, säuselte sie. »Sieh nur deine großen braunen Augen an und das eindrucksvolle Geweih.«

Ha. Sein Geweih war viel größer. Alles an ihm war groß.

»Ich könnte dich den ganzen Tag lang streicheln.«

Ein Eifersuchtsanfall, weil sie dem Tier so viel Aufmerksamkeit schenkte, brachte ihn dazu zu sagen: »Du weißt aber schon, dass sie dich nicht verstehen können.«

»Und du kannst mich nicht verstehen. Allerdings hat dich das nicht davon abgehalten, das Gespräch mit mir zu suchen, denn ich nehme an, dass das der Grund dafür ist, dass du mir hierher gefolgt bist.« Sie streichelte weiter die Nüstern des Tieres, anstatt ihn anzusehen.

Es gefiel ihm nicht, besonders auch deshalb, weil sie den Grund für sein Auftauchen erraten hatte. Er wollte es allerdings nicht zugeben. »Warum glaubst du, ich sei dir gefolgt?«

Sie sah ihn mit ihren klaren grünen Augen vielsagend an und zog eine blonde Augenbraue hoch.

Okay, vielleicht war es ein bisschen zu offensichtlich. Grinsend hob er kapitulierend die Hände. »Na gut, du hast mich erwischt. Ich bin dir hierher gefolgt, um mich für gestern zu entschuldigen.«

»Du hast also deine Meinung geändert?«

»Nein. Aber –«

»Kein Aber. Solange du deine Meinung nicht geändert hast und mir mit meinem Rudolph-Problem nicht helfen möchtest, habe ich dir nichts zu sagen.«

»Wir müssen ja nicht reden. Warum knutschen wir nicht einfach rum.« Selbst für Kyle war das ziemlich forsch und wenn man nach den großen Augen ging, die Crystal machte, auch noch völlig unerwartet.

»Das hast du jetzt nicht wirklich gesagt?«, stotterte sie, nachdem sie ein paar Takte lang geschwiegen hatte.

Obwohl es ihm so herausgerutscht war, gab er jetzt nicht nach. »Ist das ein Nein?«

»Wohl eher ein Niemals.«

»Und warum nicht?«

Und wieder kam sie nicht umhin, ihn ungläubig anzusehen. »Musst du mich das wirklich fragen?«

»Ist es nur wegen dieser ganzen Rudolph-

Sache? Dann ist das nämlich ziemlich dumm. Also, mal ehrlich, was ist schon schlimm daran, keinen Typen mit einer roten Nase zu haben, der den Schlitten zieht? Das wäre schließlich nicht das Ende der Welt.«

»Für dich vielleicht nicht«, murmelte sie geheimnisvoll. Mit dem Klemmbrett unter dem Arm marschierte sie auf ihn zu, aber als sie um ihn herumtreten wollte, versperrte er ihr mit dem Arm den Weg.

»Komm schon, gib mir eine Chance. Ich bin wirklich gar nicht so schlimm, wie du mich hinstellst.«

»Das bezweifle ich.«

»Geh mit mir essen.«

»Nein.«

»Warum nicht?«

»Weil ich dich nicht mag.«

»Weil du mich noch gar nicht richtig kennst.« Er schenkte ihr sein strahlendstes Lächeln.

Sie blieb davon unbeeindruckt. »Und das will ich auch nicht.«

»Sieh mal, deine Stimme sagt, dass du nicht willst, aber dein Körper behauptet etwas völlig anderes.« Er sah sie an und bemerkte, dass ihre Brustwarzen sich erhärtet hatten und sich durch ihren Pullover abzeichneten, was er durch das V ihrer geöffneten Jacke sehen konnte, ihre erhöhte Herzfrequenz und die Tatsache, dass ihre Wangen gerötet waren.

»Ich kann vielleicht meine Hormone nicht kontrollieren, die anscheinend eine Therapie nötig haben, aber geistig bin ich völlig auf der Höhe. Und mein Kopf sagt mir auch, mich nicht auf dich einzulassen.«

Und daraufhin ging sie, indem sie sich unter seinem Arm hindurch duckte und durch die Tür verschwand, wobei der kalte Luftzug wenig gegen die fieberhafte Hitze auszurichten vermochte, die sich in seinem Körper aufbaute.

Verdammt, die Frau erregte ihn so ungemein.

Er wäre ihr fast nachgelaufen, als plötzlich etwas seine Aufmerksamkeit erregte. Irgendetwas stimmte in dem Stall nicht.

Angesichts der Probleme, die ihre Stadt in letzter Zeit mit Angriffen und Anschlägen auf die Bewohner hatte, konnte Kyle es nicht ignorieren.

»Wer ist da?« War es jemand, den er vielleicht zum Schweigen bringen musste, weil er Zeuge seiner schändlichen Niederlage geworden war, als es darum ging, eine Verabredung mit der widerspenstigen Crystal zu organisieren?

Niemand antwortete und doch wollte das Gefühl, dass er nicht allein war – und, nein, er zählte die Rentiere nicht mit –, einfach nicht verschwinden. Jemand war mit ihm in der Scheune.

»Komm schon heraus, egal wo du dich versteckst«, trällerte er, während seine Hand zu der Pistole wanderte, die er in einem Halfter unter seiner Lederweste trug.

Ein Rascheln in einem Heuballen am anderen Ende der Scheune erregte seine Aufmerksamkeit und er zog fast seine Waffe, hielt aber in letzter Minute in der Bewegung inne. Nur gut, denn der Kopf, der hervorlugte, gehörte einem kleinen Mädchen und nicht dem Feind.

Blondes Haar in dichten Locken, die mollige Wangen umrahmten, ließ die riesigen grünen Augen, die ihn anstarrten, umso durchdringender erscheinen. Und es war seltsam. Weil sie ihn anstarrte. Und anstarrte. Doch sie sagte kein Wort.

Sein erster Impuls? Vor dem bezaubernden kleinen Mädchen wegzulaufen. Anstatt vor ihrer tödlichen Niedlichkeit zu fliehen, ahmte er seinen ehemaligen Feldwebel nach und bellte: »Wer bist du? Und was machst du hier?«

Ihre Augen weiteten sich und mit einem Quietschen der Angst sprang sie zurück ins Heu.

Brillant. Einfach brillant. Er hatte ein kleines Mädchen erschreckt. Als ob er nicht genug Schuldgefühle hätte, fühlte er sich jetzt wie eine dumme Robbe. Und die waren wirklich dumm.

Und ein winziges kleines Mädchen anzuschreien galt definitiv als dumm.

Ich sollte einfach gehen, bevor ich die Dinge schlimmer mache. Aber angesichts ihres Alters und der Tatsache, dass kein anderer Erwachsener mehr da war ...

Seufz. Er versuchte, seinen Ton sanfter zu machen. »Es tut mir leid, Kleine. Ich wollte nicht so böse klingen. Du hast mich nur überrascht, was übrigens ziemlich erstaunlich ist, weil ich früher beim Militär war.«

Nichts regte sich, besonders nicht das Kind.

Wie wäre es, wenn er ihr etwas versprach? »Ich werde dir nicht wehtun.«

Keine Regung.

»Weiß jemand, dass du hier bist?« Mit anderen Worten, gibt es noch einen Erwachsenen in der Nähe, sodass er dieser ungemütlichen Situation endlich entkommen konnte?

Als Antwort erhielt er ein leises Rascheln im Heu, was ihm auch nicht weiterhalf.

Er seufzte erneut. »Komm schon, Kleine. Ich kann dich nicht hier alleine lassen. Reid würde mir in den – äh, Popo – treten. Sprich mit mir.«

Ganz langsam kamen die goldenen Locken wieder zum Vorschein. Darin befand sich ein wenig Stroh. Große Augen blinzelten ihn an.

»Hast du dich verlaufen?«

Sie schüttelte den Kopf.

»Wissen deine Eltern, dass du hier bist?«

Erneut schüttelte sie den Kopf.

»Kann ich dir helfen?«

Sie neigte den Kopf und sah ihn an. Was war es mit bestimmten Mitgliedern des anderen Geschlechts? Wo haben sie diese Fähigkeit erlernt, dich so anzusehen? Du kennst diesen gewissen Blick. Der Blick, der dich dazu bringt, dich zu winden, weil du weißt, dass du wahrscheinlich ihrer Einschätzung nach nicht gut genug bist.

Außer, dass er diesmal wohl doch gut genug war. Als würde sie etwas sehen, das sie zufriedenstellte, nickte der kleine blonde Engel und lispelte: »Ja.«

»Wie kann ich dir denn helfen, Kleine?«

»Nicht mir. Dem Weihnachtsmann.«

Er runzelte die Stirn. »Dem Weihnachtsmann?« Fast hätte er gesagt: »Meinst du Earl?«, bevor ihm einfiel, dass das kleine Mädchen vielleicht nicht wusste, dass der große, dicke Kerl diese Rolle spielte. Sie war in dem Alter, in dem Magie noch möglich schien und große, dicke Männer auf Schlitten Geschenke bringen konnten und würden.

»Ich habe dich reden hören. Du musst Rudolph finden. Der Weihnachtsmann braucht ihn für seinen Schlitten.«

Oh, verdammte Scheiße. Das kleine Mädchen hatte gehört, wie er diese ganze Rudolph-Geschichte mit Crystal besprochen hatte, und war zu ihrer eigenen kindlichen Schlussfolgerung gelangt. Und wie sollte er ihr alles erklären, ohne zuzugeben, dass es den Weihnachtsmann nicht gab?

»Tut mir leid, Kleine, ich wünschte, ich könnte dir helfen.« *Könntest du auch,* schalt ihn sein Gewissen. *Du willst nur nicht.*

Halt die Klappe, knurrte er seinen eigenen Verstand an. Es war schon schlimm genug, dass Reid und Crystal ihm ein schlechtes Gewissen einreden wollten. Da brauchte er nicht auch noch seine eigenen Gedanken, die ihn sabotierten.

Aber wie konnte ein einziges Paar Augen so traurig dreinblicken? Ach Mann. Kyle hätte sich am liebsten vor ihr bekreuzigt, weil sicher Zauberei im Spiel war, denn er hätte ihr am liebsten etwas völlig Lächerliches gesagt. Er hätte ihr fast versichert, sich keine Gedanken machen zu müssen, denn Rudolph würde da sein.

Niemals!

»Warum kletterst du nicht aus dem Heuhaufen raus und kommst mit? Wir suchen deine Eltern. Sie machen sich sicher schon Sorgen.«

Sie wich vor ihm zurück.

Aus irgendeinem Grund tat ihm das weh. Sie war noch viel zu klein, um solche Angst zu zeigen. Und doch kannte er diesen Blick. Er hatte ihn als Kind auch getragen, wenn sein Vater schlecht gelaunt nach Hause gekommen war.

»Oh, Kleine, hab keine Angst. Ich werde dir nicht wehtun.«

»Aber du bist so groß.«

»Ja, das bin ich. Und auch stark.« Hm, vielleicht hätte er das besser nicht sagen sollen.

Sie nickte. »Bist du und du machst mir Angst«, fügte sie hinzu.

»Ich?« Er griff sich in gespieltem Entsetzen an

die Brust. »Willst du mir etwa damit sagen, dass ich hässlich bin?«

Ein kleines Kichern entfuhr ihr. »Nein, du Doofi. Aber wenn man gut aussieht, heißt das nicht, dass man auch nett ist. Das sagt meine Mama nämlich immer.«

»Das mag in manchen Fällen zwar zutreffen, aber diesmal nicht. Ich bin der netteste Typ, dem du jemals begegnen wirst.«

»Malcolm hat auch gesagt, dass er nett ist, war er aber nicht. Er war gemein zu meiner Mama und mir.«

Wie gern hätte Kyle diesem *Malcolm* eine Lektion darin erteilt, wie man eine Frau richtig behandelte. »Tja, ich bin aber nicht dieser Malcolm, und eins kann ich dir gleich jetzt versichern, ich bin niemals gemein zu Frauen.« Selbst wenn sie äußerst trotzig sind. »Und noch was, wenn dieser Malcolm jetzt hier hereinspaziert käme und etwas versuchen würde, würde ich ihm den Arsch versohlen.« Ups, er hatte ein Schimpfwort vor einem Kind benutzt.

Glücklicherweise schien sie es nicht bemerkt zu haben. »Bist du ein Ritter?«

Er hätte fast gelacht, doch sie schien so ernst zu sein. Dafür verkniff er es sich. »Ein Ritter in tätowierter Rüstung, Kleine. Also mach dir keine Sorgen. Während ich in deiner Nähe bin, wird niemand dich auch nur anpupsen.«

Sie kicherte. »Pupse tun nicht weh.«

»Aber sie stinken ganz schön«, sagte er mit einem Lächeln und vor gespieltem Ekel heruntergezogenem Mund.

Anscheinend bedurfte es eines Scherzes über Körperfunktionen, damit sie entschied, dass er vertrauenswürdig war. Sie tauchte aus ihrem Heuhaufen auf und packte ein zottiges Stofftier mit einer molligen Faust. Als er seine Hand ausstreckte, erwartete er, dass sie sie umklammerte. Stattdessen kam sie zu ihm und hob ihre Arme.

Obwohl er nicht viel Zeit mit Kindern verbrachte, erkannte Kyle die universelle Geste für »Heb mich hoch«. Er tat es und das kleine Mädchen war federleicht, sogar mit ihrer Jacke und ihren Stiefeln.

»Wohin soll es gehen, Kleine?«

»Mama arbeitet an der Parade für den Weihnachtsmann.«

»Dann gehen wir sie mal suchen.« Vielleicht konnte er auch Hinweise auf diesen Malcolm finden, der es für toll hielt, Frauen zu bedrohen.

Kyle wollte mit dem Kerl sprechen – mit seinen Fäusten.

Mission Nr. 737: Finde diesen Malcolm-Typen und erteile ihm eine Lektion. Ein Weihnachtsgeschenk für den kleinen Engel in seinen Armen.

KAPITEL 4

»Was meinst du mit: Sie ist nicht hier?«, hätte Crystal Abigail, die völlig aufgelöste Frau, die für die Beaufsichtigung der Kinder verantwortlich war, am liebsten noch mal gefragt. Man brauchte wirklich eine gehörige Portion Geduld, um sich als Freiwillige dazu zu melden, Kinder zu hüten, besonders die Kinder von Gestaltwandlern, die über ein ausgesprochen hohes Maß an Energie verfügen und besonders agil sind, sodass sie auf alles klettern, das sie finden können. Allerdings hatte auch ihr Verständnis Grenzen. Crystal hätte die Frau am liebsten geschüttelt, als sie gekommen war, um Gigi abzuholen, und feststellen musste, dass sie nicht da war.

Eigentlich war es nicht ihre Schuld. Gigi war

wirklich toll darin zu entkommen, besonders der Aufsicht Erwachsener. Das Problem war nur: Wo steckte sie jetzt?

Überall liefen Leute herum. Es gab Hunderte von Orten, an denen ein kleines Mädchen sich verstecken könnte.

Aber Crystal würde sie finden. Das tat sie immer. *Danke, Malcolm*, dass du so ein Arschloch bist.

Aufgrund seiner Wutanfälle, die man nie hatte vorhersehen können, hatte Gigi sich angewöhnt, sich zu verstecken, wenn sie Angst hatte. Das Problem war nur, es bedurfte nicht viel, um ihr Angst zu machen. Es reichte, wenn man die Stimme hob. Wenn ein Mann laut lachte. Selbst völlig gewöhnliche Dinge konnten Gigi so einschüchtern, dass sie floh.

Crystal hoffte, dass ihr Leben sich mit der Zeit normalisieren und in Kodiak Point als sicher erweisen würde, sodass Gigi dieses defensive Verhalten ablegen und ein normales Selbstbewusstsein entwickeln könnte.

Sie begann mit ihrer Suche im Gemeindezentrum, doch schon nach kurzer Zeit war ihr und ihrem äußerst feinen Geruchssinn klar, dass sie sich nicht unter den schreienden und weinenden Kindern befand.

Außerdem war ihr Mantel verschwunden.

Wahrscheinlich ist sie wieder bei den Paradewagen. Ihre Tochter war von ihnen fasziniert und es schien, dass sie sich jedes Mal, wenn sie spurlos verschwand, an jenem hektischen Ort mit seinen Wimpeln und dem Glitter versteckte.

Crystal begann ihre Suche an dem einen Ende der Werkstatt, nur um schon kurz darauf damit aufzuhören, weil ihre Tochter an einem ausgesprochen unerwarteten Ort aufgetaucht war. Auf Kyles Arm.

Sie bildete sich das mit Sicherheit nur ein.

Sie rieb sich die Augen und kniff sich, bevor sie erneut nachsah.

Die Situation hatte sich nicht verändert. Ihre zurückhaltende Tochter saß auf dem starken, tätowierten Arm von Kyle und sah so aus, als würde sie nirgendwo anders hingehören. Und lächelte sie etwa tatsächlich?

Sie blinzelte. Noch immer das gleiche Bild. Crystal hätte beinahe jemanden gebeten, sie zu ohrfeigen. *Ich muss mich irren oder es ist das grelle Licht.* Gigi lächelte nur selten und ganz sicher ließ sie es nicht zu, dass fremde Männer sie anfassten oder sie herumtrugen.

Als wenig später das Bild noch immer das gleiche war und nichts die Fata Morgana vertrieb, begann Crystal, es zwar zu glauben, verstand es aber immer noch nicht. Wann und wie hatte Kyle das Vertrauen ihrer Tochter gewonnen?

Wahrscheinlich hat er unfaire Mittel verwendet und sein unglaubliches Lächeln eingesetzt.

Der Arsch.

Am Vorabend hatte Crystal vielleicht Pläne geschmiedet, um in die Offensive zu gehen und mit Einsatz ihrer weiblichen Reize dafür zu sorgen, dass das Karibu sich geschlagen gab. Ihr Entschluss hielt jedoch nicht. Am Morgen hatte sie keinen Mut mehr gehabt.

Aufgrund ihrer schlechten Erfahrung mit Malcolm, die noch nicht lange zurücklag, war Crystal noch immer ein gebranntes Kind. Oder hatte sie einfach nur Angst vor Männern? Auf jeden Fall war es für sie keine gute Entscheidung, sich mit einem Mann wie Kyle – der eingebildet war und sich für Gottes Geschenk an die Frauen hielt – einzulassen, auch wenn es nur eine kurze Affäre oder ein Flirt war. Es würde wahrscheinlich Spaß machen, wäre besonders im Schlafzimmer aufregend, aber auf lange Sicht würde diese Art der Beziehung für Crystal nur negative Folgen haben – und unter Umständen auch für Gigi.

Wenn es darum ging, sich mit Männern zu verabreden, musste Crystal vorsichtiger sein, sich nicht vom Aussehen eines Typen einwickeln lassen, sondern herausfinden, was wirklich in einem Mann steckte. Im Nachhinein hätte sie alle Anzeichen bei Malcolm bemerken müssen, aber als alleinerziehende Mutter, die zwei Jobs hatte, um sich mit ihrer Tochter durchschlagen zu können – weil der nichtsnutzige Vater sich sofort verdrückt hatte, als er von der Schwangerschaft erfahren hatte –, hatte sie Bedürfnis nach Aufmerksamkeit, nach jemandem, der sie liebte.

Malcolm hatte diesen wunden Punkt sofort erkannt und voll ausgenutzt. Er hatte ihr ausgesprochen überzeugend etwas vorgespielt. Sie davon überzeugt, dass er sie liebte, ihr gesagt, dass sie eine Familie sein könnten, behauptet, er würde sich um sie kümmern.

Und das hatte er auch. Allerdings nicht auf eine Weise, die man als gesund hätte bezeichnen können.

Jedenfalls war sie dem Arschloch entkommen. Ihr Leben mit ihm gehörte der Vergangenheit an.

Jetzt lebte sie in der Zukunft, einer Zukunft, in der Gigi und Crystal immer an erster Stelle stehen würden.

Sie brauchten keinen blöden Mann, um eine Familie zu sein.

Sie brauchten keinen gut aussehenden Typen mit strahlend weißem Lächeln.

Oder riesigen Muskeln.

Oder einem ansteckenden Lachen.

Es war an der Zeit, sich ihre Tochter zurückzuholen, bevor Crystal noch weitere Eigenschaften an ihm entdeckte, die sie aus dem Gleichgewicht brachten. *Zum Beispiel, ob er mit geschlossenen oder offenen Augen küsst.*

Also marschierte sie auf ihn zu, ihre Libido fest unter Verschluss und auch die nervöse Berglöwin, die hin und her lief, hatte sie fest in den Tiefen ihres Geistes weggesperrt.

Gigi bemerkte sie zuerst und winkte, bevor sie mit der Handfläche über Kyles Wange strich und lispelte: »Da kommt meine Mama.«

Tja, jedenfalls konnte sie ihn nicht beschuldigen, ihre Tochter benutzt zu haben, um an sie ranzukommen. Es war echte Überraschung, die sich auf seinem Gesicht breitmachte, als er sie sah, sein Mund stand nämlich offen und er hatte die

Augen weit aufgerissen.

»Crystal ist deine Mutter?«

Die blonden Locken wippten, als sie nickte.

»Hätte ich mir denken können«, murmelte er.

»Hey, du kleine Künstlerin im Verschwinden, wo hast du dich denn diesmal versteckt?«

»Im Stall.«

Wo Crystal gerade gewesen war, ohne dass ihr aufgefallen wäre, dass ihre Tochter sich ebenfalls dort befand. Sie war wirklich eine tolle Fährtenleserin und Jägerin. *Und die Auszeichnung zur Mutter des Jahres kann ich mir wohl auch abschminken.*

Sie streckte die Arme aus, doch Gigi reagierte nicht sofort. Was war da los?

Stattdessen umarmte Gigi das große Karibu und erklärte strahlend: »Kyle hat mich gefunden.«

Kyle? Sie nannten sich bereits beim Vornamen. Wie schön. Erneut streckte sie die Hände nach ihrer Tochter aus. »Komm schon, Gigi. Es ist an der Zeit, nach Hause zu gehen und zu Abend zu essen. Du bist doch sicher hungrig.«

Diesmal zögerte ihre Tochter nicht, sondern warf sich praktisch in Crystals Arme. Diese fing sie keuchend auf, geriet jedoch ins Stolpern und jemand hielt sie fest.

Diese einfache Berührung hätte nicht dafür

sorgen sollen, dass sie sich seiner blitzartig bewusst war, sie tat es jedoch.

Nein. Nein. Nein. Das war nicht gut. Schnell trat sie von Kyle weg. »Danke, dass du sie gefunden hast.«

»Gern geschehen. Sie ist wirklich ein tolles Kind.«

Ha! Als würde sie auf dieses plumpe Kompliment hereinfallen. Gigi zu benutzen, um bei ihr zu punkten, würde nicht funktionieren. »Sie ist die Beste, aber jetzt braucht sie schnell etwas zu essen, bevor sie sich in eine kratzende und beißende Höllenbrut verwandelt. Tschüss.«

Ohne ihm die Möglichkeit zu geben, zu antworten, ging sie mit Gigi auf ihrer Hüfte von ihm weg und versuchte, die Tatsache zu ignorieren, dass ihre Tochter über ihre Schulter guckte und winkte.

Bevor sie nach draußen in die Kälte gingen, machte sie den Reißverschluss an Gigis Jacke zu, zog Mütze und Handschuhe aus ihren Taschen und packte damit die Hände und den Kopf ihrer Tochter schön warm ein.

Dann, nachdem Crystal Gigi fest an der Hand hielt, trotzten sie dem kühlen Abend, aber nicht der Dunkelheit, da das Gemeindezentrum in regelmäßigen Abständen Lichterketten auf dem Parkplatz ausgehängt hatte.

Licht half ihr jedoch auch herzlich wenig, als ihr Auto sich weigerte anzuspringen. Es tuckerte träge, ein-, zwei-, dreimal, bevor es ganz starb. Nichts. Null, nicht mal ein Klicken.

Im kalten Fahrzeug sitzend starrte sie verärgert auf das Armaturenbrett. Die blöde, alte Rostlaube sprang nur an, wenn sie Lust dazu hatte, was immer seltener vorkam.

Es sah so aus, als müssten sie nach Hause gehen, was bei gutem Wetter nur etwa fünfzehn bis zwanzig Minuten dauerte, aber bei Minusgraden und der Tatsache, dass sie ein müdes und hungriges kleines Mädchen mitschleppen musste? Na toll. Taxis waren hier draußen nicht gerade üblich. Sie könnte wahrscheinlich wieder reingehen und jemanden bitten, sie nach Hause zu fahren.

Ein Klopfen an ihrem Fenster ließ sie kreischend aufschrecken.

Ein bekanntes Gesicht blickte ihr entgegen. »Soll ich euch mitnehmen?«, fragte Kyle.

Wofür sollte sie sich entscheiden? Stolz oder Bequemlichkeit?

Minuten später hatten sie Gigi, ihren Kindersitz und Crystal zu Kyles Pritschenwagen gebracht. Während das warme Auto sicherlich besser war als ein arktischer Spaziergang, wurde sie sich seiner damit auch allzu bewusst und das war ziemlich verstörend. Sein Duft. Seine Männlichkeit. Sein freches Grinsen. Wie er sich mit ihrer Tochter unterhielt.

»Hey, Mäuschen, was wünschst du dir denn vom Weihnachtsmann?«

»Ich will das Lego Friends Einkaufszentrum.«

Und sie würde es sicher nicht bekommen, da es fast hundertdreißig Dollar kostete. »Erinnerst du dich daran, wie ich dir erklärt habe, dass der Weihnachtsmann dir nicht immer alles bringen kann, was du dir wünschst?« Crystal hatte genau sechsundfünfzig Dollar gespart und konnte ihrer Tochter einen der kleineren Bausätze kaufen und dazu noch ein paar Sachen aus dem Sonderpostenmarkt, aber nur, wenn es ihr gelang, jemanden zu finden, der auf sie aufpasste, während sich Gigi jemanden suchte, der sie in den nächsten Tagen in die nächstgrößere Stadt fahren würde, ansonsten müsste sie das kaufen, was die Läden im Ort zu bieten hatten.

»Ich weiß doch, Mama. Der Weihnachtsmann tut sein Bestes«, sagte Gigi, wie es nur ein Kind konnte, das diese Ansprache schon zu oft gehört hatte. »Ich hoffe nur, dass der Weihnachtsmann mich finden kann, wenn Rudolf nicht da ist, um seinen Schlitten zu ziehen.«

Crystal hätte fast gegrinst, als sie bemerkte, wie Kyle erstarrte. Es ging doch nichts über ein süßes, kleines Mädchen, das einen Typen ganz unbeabsichtigt dazu bringt, Schuldgefühle zu haben.

Es dauerte nicht lange, bis sie zu Hause ankamen. »Hier wohnen wir«, sagte Crystal und Kyle fuhr seinen Pritschenwagen gegen die Schneewehe am Bordsteinrand.

Trautes Heim, Glück allein. Viel war es nicht, nur eine Wohnung über einem Buchladen, für die sie keine Miete zahlen musste, wenn sie als Gegenleistung ein paar Abende in der Woche im Laden aushalf. Die Besitzerin, eine alte Frau, war mit der Großmutter des Alphas befreundet. Dank dieser Tatsache und dem Hungerlohn, den sie von Reid dafür bekam, dass sie die Parade organisierte – was sie persönlich als Almosen empfand, er aber als Geschäftsabschreibung bezeichnete –, gelang es ihr gerade so auszukommen, aber sie brauchte einen sichereren, besser bezahlten Job, wenn sie nicht auf der Strecke bleiben wollte.

»Vielen Dank für die Mitfahrgelegenheit.«

Crystal schnallte Gigi ab, bevor sie ausstieg. Als sie festen Boden unter den Füßen hatte, nahm sie ihre Tochter und setzte sie auf dem Boden ab, bevor sie sich ins Wageninnere beugte, um den Kindersitz herauszuholen. Doch Kyle hielt sie davon ab, indem er ihre Hand festhielt. »Den kannst du auch genauso gut bis morgen drin lassen.«

»Was willst du damit sagen?«

»Dein Wagen ist kaputt, also brauchst du eine Mitfahrgelegenheit. Wann soll ich dich morgen früh abholen?«

»Wir sind normalerweise immer so um neun Uhr da, aber –«

»Um neun? Das ist ja quasi noch mitten in der Nacht.«

»Tatsächlich geht die Sonne erst ein bisschen später auf.«

»Eben, das ist ausgesprochen früh.«

»Dann komm eben nicht. Wir werden es auch gut allein schaffen.«

»Nein, das werdet ihr nicht, weil ich da sein werde. Um neun.« Er warf ihr ein Lächeln zu, als er sich hinüberlehnte, um die Beifahrertür zu schließen. Sie ging aus dem Weg, als er sie zumachte.

Erst nachdem er abgefahren war, fiel ihr ein,

dass sie auch: »Mach dir nicht die Mühe«, hätte sagen können. Aber es war schon zu spät.

Zum Beispiel auch zu spät, um ihr kleines Mädchen davon abzuhalten, ihn als Helden zu sehen, was sie ihr an den leuchtenden Augen ablesen konnte. »Ist Kyle nicht toll, Mama? Er ist wie ein Ritter.«

»Ach tatsächlich?« Sie hätte ihn eher einen Ganoven genannt.

»Er wird mich vor all den bösen Männern retten.«

Wenn er das nur könnte, meine Kleine. Besonders den nervigen, dachte sie irritiert, als ihr Handy erneut an ihrer Hüfte vibrierte. »Komm schon, meine Kleine, besorgen wir dir etwas zu essen, bevor du zu einem Drachen wirst, den er töten muss.« Und mit dem Geräusch ihrer Tochter, die kicherte, gingen sie ins Haus.

AM NÄCHSTEN TAG hatte Crystal keine große Hoffnung, dass Kyle um neun Uhr auftauchen würde. Ihr war am Tag zuvor aufgefallen, dass er erst kurz vor zwölf in der Zentrale für die Parade aufgetaucht war und ausgesehen hatte, als wäre er gerade erst aus dem Bett gekommen.

War er dort allein gewesen oder nicht?

Das ging sie gar nichts an. Allerdings hielt sie das nicht davon ab, sich diese Frage zu stellen.

Genau wie sie sich fragte, warum sie nicht aufhören konnte, an ihn zu denken, und ihr jede seiner Bewegungen auffiel. Sie hätte schwören können, dass jedes einzelne Haar an ihrem Körper sich in der Sekunde aufgestellt hatte, in der er gestern den Stall betreten hatte. Es gelang ihr vielleicht, ihn nicht zu beachten, wenn sie sich in einem Raum voller anderer Leute befand, erwies sich allerdings als schier unmöglich, wenn sie mit ihm allein war.

Also achte ich einfach darauf, dass ich nie mit ihm alleine bin.

Sie hatte eigentlich vorgehabt, sich früh fertigzumachen, um so vermeiden zu können, mit ihm mitfahren zu müssen.

Allerdings ruinierte der Idiot den Plan, in dem er um acht Uhr auftauchte, noch dazu mit Kaffee und Donuts.

Nein, nicht auch noch Donuts!

Wenn Gigi schon vorher in ihn verliebt gewesen war, stieg er jetzt geradezu in den Olymp auf und wurde zum Gott. Während ihre Tochter sich glücklich Schokoladenglasur von den Fingern leckte und sich den Kinderkanal anschaute, blickte Crystal Kyle über den Rand ihrer Kaffeetasse an – drei Stück Zucker und Milch. Der Kaffee war genau so, wie sie ihn mochte.

»Das wird nicht funktionieren«, sagte sie und begab sich damit in die Offensive.

»Was wird nicht funktionieren?«, wollte er unschuldig wissen.

Unschuldig? Ha. »Das alles hier. Der Kaffee, die Donuts, dass du so nett zu Gigi bist.«

»Also, erstens, nur damit du es weißt, ich mag deine Tochter, und das schon, bevor ich wusste, dass du ihre Mutter bist. Zweitens, ja, da muss ich mich wohl schuldig bekennen. Jetzt, wo ich weiß, wo du wohnst, konnte ich mir denken, wo du dir immer deinen Kaffee holst, und es war ein Leichtes, die Info aus Mario herauszukitzeln.« Mario war der Typ, dem das einzige Café im Ort gehörte und der es auch leitete.

»Herauszukitzeln? Und was hast du ihm als Gegenleistung versprochen?«

»Ich gehe am fünfundzwanzigsten Dezember rüber zu ihm und schließe die Xbox an, die er seinem Sohn zu Weihnachten schenkt.«

Sie grinste. »Wie ich sehe, ist Mario ein vielbeschäftigter Mann. Als Gegenleistung für Kaffee und Donuts zweimal in der Woche bade ich seine widerspenstige Katze.«

»Die Bestie? Du bist wirklich mutig.«

»Eigentlich nicht. Ich fauche sie einmal ordentlich an und dann ist sie Wachs in meinen Händen.«

»Wachs, hä? Ich denke mal, dass ich in deinen Händen nicht weich werden würde.« Seine Anspielung war ziemlich eindeutig, genau wie sein Grinsen.

Etwas nervös, denn trotz ihres aufmunternden Selbstgesprächs war es nicht so, als würde sein Charme keine Wirkung auf sie haben, wandte sich Crystal banaleren Dingen zu, wie zum Beispiel, Gigi den Zucker von Händen und Gesicht zu wischen, bevor sie sie warm einpackte.

Als sie am Gemeindezentrum ankamen, bemerkte sie, dass der Abschleppwagen neben ihrem Auto stand.

»Oh nein. Was macht der denn da?«, rief sie aufgebracht.

»Pete schleppt ihn zu seiner Werkstatt, um ihn sich einmal anzuschauen. Auch wenn man das Ding meiner Meinung nach verschrotten sollte.

Das Auto hat seine Pflicht und Schuldigkeit getan.«

»Ich kann mir aber kein neues leisten, genauso wenig wie ich mir jemanden leisten kann, der es überprüft«, murmelte sie und es war ihr durchaus ein wenig peinlich.

»Mach dir um die Kosten keine Sorgen. Pete schuldet mir noch einige Gefallen.«

»Gefallen, die du behalten solltest. Ich kann dir nichts zurückzahlen.«

»Und niemand hat gesagt, dass du das musst.«

Das zwar nicht, aber ihr Stolz hatte in der letzten Zeit schon viel zu viele Almosen annehmen müssen. »Warum bist du so erpicht darauf, mir zu helfen?«

Gigi, mit der unkomplizierten Beredtheit eines Kindes, hatte schnell eine Antwort parat. »Weil er ein Ritter ist und Ritter helfen Prinzessinnen in Not.«

Nicht in der Welt, in der Crystal lebte. Aber vielleicht würde dieser Teufelskreis mit ihrer Tochter enden, die in Kyle ihren Ritter in schimmernder Rüstung gefunden zu haben schien. Es war nur so, dass Crystal wusste, dass es nie etwas umsonst gab. Letztendlich würde er im Gegenzug doch irgendetwas von ihr erwarten. Etwas, und darauf hätte sie wetten können, bei dem es um Zungenküsse und nackte Haut ging.

Träum weiter.

Als sie am Gemeindezentrum angekommen waren, versuchte sie, ihn mit der Ausrede loszuwerden, sie müsse Gigi in den Kinderhort bringen. Allerdings widersetzte sich ihre Tochter ihr.

»Ich will aber nicht gehen.« Sie streckte trotzig die Unterlippe vor und weigerte sich standhaft.

»Mama hat noch einiges zu erledigen und dann können wir nach Hause gehen.« Crystal wartete auf den zweiten Teil ihres Streits, bei dem Gigi üblicherweise bat, bei Crystal bleiben zu dürfen. Allerdings hatte ein Familientherapeut, bei dem sie Rat gesucht hatte, Crystal empfohlen, ihre Tochter zu ermutigen, Zeit mit anderen zu verbringen, um ihre Unabhängigkeit zu fördern. Ob es Gigi nun gefiel oder nicht, es war wichtig für sie, Zeit mit anderen Kindern zu verbringen. Also hatte Crystal schon ihre übliche Antwort parat, als ihre Tochter den Mund aufmachte.

»Ich will aber bei Kyle bleiben.«

Moment mal. Crystal starrte ihre Tochter wie vom Donner gerührt an. Das gehörte aber nicht zu ihrer üblichen Diskussion.

»Wer will heute mit mir rumhängen?«, fragte Kyle.

Crystal antwortete schnell, bevor ihre Tochter es tun konnte. »Niemand. Und ich bin mir sicher, dass du bessere Dinge zu tun hast, als auf ein kleines Mädchen aufzupassen, das dir nur in die Quere kommt.«

»Ich könnte eine Assistentin gebrauchen.« Kyle ging vor Gigi in die Hocke, sodass er ihr in die Augen sehen konnte. »Was hältst du davon? Möchtest du meine Assistentin sein?«

Sie nickte eifrig und Crystal wusste nicht so recht, was sie tun sollte. Für ihre Tochter war es ein großer Schritt, dazu bereit zu sein, Zeit mit jemand anderem zu verbringen als ihrer Mutter. Das Dumme dabei war nur, dass es sich um Kyle handelte. Musste sie dem noch etwas hinzufügen?

Glänzende grüne Augen blickten in seine und eine pummelige, kleine Kinderhand griff nach seiner rauen Hand. Crystal seufzte.

Da konnte man wohl nichts mehr machen.

»Dann legen wir mal los und versprühen ein wenig vorweihnachtliche technische Hilfe, Assistentin«, verkündete er und warf eine kichernde Gigi wie Superman in die Luft, wobei er gleichzeitig auch noch die passenden Soundeffekte machte.

Er spielte wirklich mit gezinkten Karten.

Er zog alle Register in seinem Bestreben, Crystal zu verführen. Zu welch schmutzigen Mitteln würde er noch greifen? Aus irgendeinem Grund konnte sie nicht umhin sich vorzustellen, wie er sich auszog, den Körper enthüllte, den er versteckte, und in die Dusche trat, natürlich nur um sich zu waschen und auf die *wirklich* schmutzigen Dinge vorzubereiten, die als Nächstes auf dem Plan standen.

Gott sei Dank war er nicht da, um zu sehen, wie sie erschauderte.

Was für ein unglaublich gefährlicher Mann. So tödlich. Je mehr Crystal ihm zusah – ihn wollte und ja, von ihm träumte –, desto mehr fürchtete sie, seinem Charme zu erliegen.

Was ihre arglose Tochter betraf? Leider war die arme Gigi ihm bereits erlegen.

Und wer könnte es ihr verübeln?

Crystal beobachtete sie genau, wie jede Mutter es bei einem fast Fremden – noch dazu bei einem, der offensichtlich Hintergedanken hatte – tun würde, wenn er sich mit ihrem Kind beschäftigte. Es half ihrem Dilemma nicht.

Wenn Gigi Crystal begleitete, tat sie dies mit fast unerträglicher Schüchternheit, wenn andere Leute dabei waren. Wenn ein Kassierer sie ansprach, duckte sie sich hinter ihre Mutter. Sie starrte auf ihre Füße, anstatt zu antworten. Wenn jemand zu laut sprach, besonders ein Mann, flüchtete sie mit furchtsam aufgerissenen Augen und zitternder Unterlippe in die Arme ihrer Mutter.

Oder zumindest hatte sie das getan, bis sie Kyle um ihren winzigen Babyfinger gewickelt hatte.

Der Mann, der in Sachen Verkabelung eine Art technisches Genie zu sein schien, war sehr gefragt, als er herumschlenderte. Gigi saß auf seinen Schultern, wo sie ihn mit einem Fingerzeig dorthin lenkte, wo sie ihn haben wollte. Wenn sie an einen Wagen kamen, der Hilfe brauchte, setzte er ihre Tochter ab.

Es faszinierte Crystal zu sehen, wie schnell Gigi Vertrauen zu ihm gefasst hatte. Wenn sie jemand erschreckte, trat Gigi hinter Kyle zurück und er umarmte sie entweder, flüsterte ihr etwas ins Ohr oder legte seine Hand auf ihre Schulter oder ihren Kopf, was aus irgendeinem Grund die sichtbare Spannung in ihrer Tochter milderte.

Und als er jemanden anbrüllte, weil er vor einem kleinen Mädchen ein Schimpfwort benutzt hatte, zuckte Gigi weder zusammen noch wich sie zurück. Stattdessen strahlte die kleine Teufelin ihn an.

Crystal verbrachte den Morgen in einem seltsamen Zustand des Unglaubens. *Es ist, als würde ich einen wirklich seltsamen Weihnachtsfilm leben. Als würde* Twilight Zone *auf* Scrooge *treffen.*

Beim Mittagessen bildeten sie alle eine Schlange, um sich einen Teller mit Speisen zu holen – Berge von Sandwiches, Kartoffelsalat und gebratenem Hühnerfleisch –, denn Gestaltwandler konnten nie zu viel Fleisch bekommen. Der Gemeindesaal surrte mit Gesprächen, als die Leute eine Pause einlegten und das von den Freiwilligen der Stadt gestiftete und hergestellte Festmahl genossen. Es waren mehr Leute da, als selbst Crystal erwartet hatte, was darauf hindeutete, dass die meisten Geschäfte so kurz vor Weihnachten früher zumachten.

Lachen und Pläne schwirrten durch den Raum.

»*Zu Silvester gehen wir in diesem Jahr in den Rockies Skifahren.*«

»*Ich habe etwas selbst gebrannten Schnaps und ein paar Geschenke, die ich noch einpacken muss.*«

»*Warte nur, bis Jorge sieht, was ich dieses Jahr zu*

Weihnachten gekauft habe. Es ist an der Zeit, Babys zu machen.«

Ein paar der Pläne erregten ihre Aufmerksamkeit. Crystal konzentrierte sich auf Kyle und das, was er gerade mit Frank besprach – dem Typen, der für den Wagen mit den drei Bären, die als die Heiligen Drei Könige verkleidet waren, verantwortlich war.

»Ich werde in den Nachbarort fahren und dort im Walmart noch ein paar Lichterketten besorgen. Der ist zwar nicht so groß wie der in der Stadt, aber wir sollten dort bekommen, was wir brauchen.«

Crystal fiel ihm ins Wort. »Du gehst einkaufen?« Und plötzlich schien die Möglichkeit, Gigi an diesem Weihnachten ein tolles Geschenk zu besorgen, nicht mehr ganz so aussichtslos. So ungern sie Kyle auch um einen Gefallen bat, in diesem Fall würde sie ein Opfer erbringen müssen. Schließlich brauchte sie ein Geschenk.

»Ja. Willst du mitkommen?«

Kyle und sie allein zusammen in seinem Pritschenwagen? Sie öffnete schon den Mund, um Nein zu sagen, als ihr auffiel, dass sie Kodiak Point seit Wochen nicht mehr verlassen hatte. Ein Szenenwechsel hörte sich verlockend an. Aber würde sie während der zweistündigen Fahrt der Versuchung widerstehen können, die er darstellte? »Das sollte ich wohl besser nicht. Ich muss noch so vieles erledigen.«

»Das stimmt allerdings«, meldete Frank sich zu Wort, der noch immer Teil des Gesprächs war. »Ich bin mir sicher, dass ich nicht der Einzige bin, der noch ein paar Sachen braucht. Und es hat überhaupt keinen Sinn, dass wir alle einzeln fahren. Wie wäre es, wenn wir uns gemeinsam hinsetzen und eine Liste erstellen und euch natürlich entsprechend das Geld mitgeben, und du fährst mit Kyle mit, um sicherzustellen, dass er nichts Falsches kauft?«

Wie sollte sie Nein sagen, wenn jemand es zu ihrer Aufgabe machte? Trotzdem unternahm sie einen schwachen Versuch. »Aber was ist mit Gigi?«

»Die kann natürlich auch mitkommen.« Kyle strahlte zu ihr hinunter. »Was hältst du davon, meine Süße? Hast du Lust auf einen kleinen Ausflug und Abendessen bei McDonalds?«

Damit hatte Kyle es ihr unmöglich gemacht, Nein zu sagen. Aber zumindest würde Gigi als Barriere zwischen ihnen auf der Fahrt dienen.

Nur komisch, dass das überhaupt nicht funktionierte, denn jedes Mal, wenn sie über den Kopf ihrer Tochter schaute, als sie die eis- und schneebedeckte Straße entlangfuhren, erwiderte er ihren Blick. Und die Funken zwischen ihnen flogen ziemlich schnell und heftig.

Als sie den Laden erreichten, sprang Crystal geradewegs aus dem Pritschenwagen und konnte es kaum erwarten, an die kalte und frische Luft zu kommen. Sie bemühte sich auch um einen klaren Kopf. Ein aussichtsloses Unterfangen.

Da es am Nachmittag und so kurz vor Weihnachten war, surrte der Ort voller Aktivität, da viele Leute in letzter Minute ihre Weihnachtseinkäufe erledigten. Ein bisschen wie Crystal, die damit anfing, das für die Parade benötigte Material zu kaufen, aber sobald sie alles hatte, entschied sie, dass es Zeit war, um noch einen weiteren Gefallen zu erbitten. Warum nicht auf volles Risiko gehen!

Während Gigi mit großen Augen auf die hell erleuchteten Weihnachtsbäume mit Dekorierung starrte, zog Crystal Kyle zur Seite.

»Ich bräuchte bitte ein paar Minuten alleine. Würde es dir etwas ausmachen, dich um Gigi zu kümmern?«

»Warum willst du es alleine machen, wenn ich mehr als bereit dazu bin, dir zu helfen?« Er zwinkerte ihr zu und als ihr klar wurde, was er damit sagen wollte, stieg ihr die Röte in die Wangen.

»Doch nicht deswegen, du Idiot. Ich muss noch etwas kaufen ... du weißt schon.« Sie neigte den Kopf zu ihrer Tochter, die über einen Weihnachtsmann lachte, der immer wieder in dem aufblasbaren Kamin, der das Schaufenster dekorierte, stecken blieb.

»Weiß ich doch. Mir gefällt es nur, wenn deine Augen vor Wut glitzern. Dann siehst du aus wie eine wütende Katze und das ist wirklich heiß.« Und dann, ohne auch nur das geringste Anzeichen von Reue über seine freche Antwort, grinste Kyle und obwohl sie versuchte, ihn böse anzusehen, hatte sie noch immer gerötete Wangen.

Kyle wandte sich von Crystal ab und hob Gigi auf den Arm. Sie kreischte vor Vergnügen.

»Hey, Kleine, was hältst du davon, wenn wir beide uns mal etwas ansehen, nämlich die –« Er senkte die Stimme und flüsterte ihr etwas ins Ohr. Zwei verschwörerische Augenpaare blickten in Crystals Richtung und ihr Herz schmolz geradezu, als sie sie gemeinsam kichern hörte. Und, ja, Kyle kicherte. Der große, tätowierte, eitle, dumme, bezaubernde Idiot kicherte wie ein Schulmädchen – mit einer tiefen Stimme.

Ich hasse ihn. Denn nicht nur, dass er sie dazu brachte, es noch einmal mit Liebe und einer Beziehung versuchen zu wollen, er hatte auch einen wunderbar prächtigen Hintern in seiner engen Jeans, als er wegging.

Ohne Zeit zu verlieren, machte sich Crystal auf den Weg in die Spielzeugabteilung, nur um niedergeschlagen zu stöhnen, als sie den Lego-Bereich erreichte. Es war der dreiundzwanzigste Dezember und fast alle Regale waren praktisch leer. Es war nicht mehr möglich, ein passables Spielzeug-Set zu bekommen. Selbst wenn sie sich das Einkaufszentrum, das Gigi wollte, oder eines der anderen mittelgroßen Sets hätte leisten können, es war nichts davon mehr da. Crystal musste sich mit den Mini-Spielsätzen begnügen. Aber sie tröstete sich mit dem Wissen, dass zumindest Gigi etwas unter ihrer kleinen Tanne haben würde – die sie selbst gefällt und mit Popcorn, farbigen Makkaroni und einer Mischung aus Aluminium- und Styroporkugeln verziert hatten. Die handbemalten Monstrositäten waren wirklich die Krönung für den hässlichsten Baum aller Zeiten, aber ihnen beiden gefiel er.

Crystal eilte mit ihren Einkäufen nach draußen, brachte sie zum Pritschenwagen und machte sich auf den Weg zurück, bevor sie Kyle eine SMS schickte, um ihm zu sagen, dass die Luft rein war.

Wir treffen uns in ein paar Minuten vor dem Ausgang, war seine Antwort zusammen mit einem Smiley.

Ihr warmer Atem verdichtete sich zu einem Nebel, während Crystal draußen wartete, aber sie genoss die kalte Luft und wusste, dass sie es im Wagen neben Kyle schon bald wieder zu heiß finden würde. Sie schob es auf ihren Hunger, dass sie nach Kyle und Gigi Ausschau hielt.

Warum brauchen sie so lange?

Es gab keinen Zweifel an den Schmetterlingen in ihrem Bauch. Das Kribbeln in ihrem Körper. Die Vorfreude, die ihren Körper durchlief.

Oh nein. Ich bin in das Karibu verknallt.

So viel zu einem frischen Anfang.

Oder sollte sie die Situation in einem anderen Licht sehen?

Sie war nach Kodiak Point gekommen, um neu anzufangen. Um ein neues und besseres Leben für sich selbst zu schaffen. Ihr selbst auferlegtes Männerverbot war keine permanente Sache, sondern eher eine Art Erinnerung, vorsichtiger zu sein, wen sie sich aussuchte.

Außer dass sie in diesem Fall nicht unbedingt

diejenige war, die sich jemanden ausgesucht hatte. Kyle schien fest entschlossen, ein Teil ihres Lebens zu werden. Im Gegensatz zu früheren Freunden tat er nicht so, als würde er sich für Gigi interessieren, während Crystal in der Nähe war, um sich als guter Kerl zu präsentieren. Kyle mochte ihre Tochter wirklich – *wahrscheinlich weil sie absolut fantastisch ist.*

»Na sowas. Ich hätte nie gedacht, dass ich dich hier treffen würde.«

Nein. Oh nein. Verdammt, nein.

Crystal brauchte nur den Kopf leicht zu drehen, um dem Spott auf dem hübschen Gesicht ihres Ex-Freundes – und gewalttätigen Stalkers – zu begegnen, um zu wissen, dass der Tag nicht gut enden würde. »Malcolm.« Nichts anderes. Kein Hallo, keine Entschuldigung, dass sie keine Antwort auf die Hunderte von verrückten Nachrichten und Telefonanrufe gegeben hatte. Wenn sie es lässig angehen würde, würde er vielleicht verschwinden.

Er verzichtete auch auf alle Höflichkeit. »Was für ein Zufall, dass ich ausgerechnet dich hier treffe.«

»Wie hast du mich gefunden?«

»Ich besuche über Weihnachten einen alten

Freund aus dem College. Es ist wohl Schicksal, dass wir beide zur gleichen Zeit hier sind.«

»Wohl eher Pech«, murmelte sie.

Er hatte ihre Worte gehört und verengte die Augen zu Schlitzen. Das war kein gutes Zeichen. »Wir müssen irgendwo hingehen, wo wir uns unterhalten können.« Der feste Griff, mit dem er ihren Arm umschloss, wies schon darauf hin, dass es alles andere als ein angenehmes Gespräch werden würde.

Sie versuchte, sich loszureißen, und rief: »Lass mich los! Mit dir gehe ich nirgendwohin.«

»Halt den Mund und mach hier keine Szene.«

Keine Szene machen? Oh, sie würde auf jeden Fall eine Szene machen, wenn es bedeutete, dass sie nicht diesem Psychopathen in die Hände fiel.

Doch bevor sie es tun konnte, kam ihr ein riesiger Panda zu Hilfe.

KAPITEL 5

Kyle kämpfte dagegen an. Er tat es wirklich, aber die Verlockung von Crystal und ihrer unglaublich süßen Tochter stieß ihn von einer Klippe, die er vielleicht überlebt hätte, wäre da nicht das gewesen, was am Fuß der Klippe auf ihn wartete. Domestikation.

Man darf ihn jetzt nicht falsch verstehen, Kyle hatte an sich kein Problem damit, sich niederzulassen. Irgendwann. Aber gleichzeitig machte ihm das Eingehen von Verpflichtungen Angst. Nur nicht aus dem Grund, den die meisten Leute vermuteten.

Jeder in Kodiak Point kannte ihn als den Ex-Soldaten und Herzensbrecher der Stadt. Er verführte die Damen, blieb aber nie bei ihnen. Er machte keine Versprechungen, trieb keine echten Wurzeln.

Doch vor langer Zeit war das anders gewesen. Vor langer Zeit, als ein bestimmter Junge – der noch ein mit Fell bewachsenes Geweih hatte – die Highschool besuchte, verliebte er sich in ein schönes Mädchen. Und sie liebte ihn auch.

Wenn die Perfektion einen Namen hatte, dann war es Bethany. Man stelle sich ein Mädchen vor, das alles besaß, was ein Mann sich wünschen konnte – sie war freundlich, süß und hatte ein Paar feste Brüste, für die man sterben konnte. Sie wurde seine erste richtige Freundin. Seine erste Liebe. Seine Verlobte, bevor er in den Krieg zog.

Er tat sein Bestes, um mit ihr auch im Ausland in Kontakt zu bleiben, aber es kam eine Zeit, in der das nicht möglich war. Eine Zeit, in der sein einziger Fokus darin bestand, am Leben zu bleiben und zu entkommen. Oh, die Verzweiflung jener Tage, als er ihr Gesicht benutzt hatte, um ihm zu helfen, es durchzustehen. Aber er weigerte sich, diesen unangenehmen Teil seiner Vergangenheit auszugraben. Es war ein abscheulicher Teil, den er verdrängt hatte, den er in eine Kiste geschoben und mit einem riesigen Schloss versehen hatte. Dann hatte er den Schlüssel weggeworfen.

Die Zeit nach seiner Kriegsgefangenschaft war eine dunkle Zeit für ihn gewesen. Hatte man ihm also verdenken können, dass er bei seiner Rückkehr, ein wenig älter, definitiv weiser, die Umarmung seiner Geliebten brauchte? Stattdessen wurde er aufs Schlimmste auf den Boden der Tatsachen geholt.

Mit ihrem unschuldigsten braunäugigen Blick hatte Bethany versucht, ihre Handlungen zu rechtfertigen. »Ich wusste nicht, ob du jemals zurückkommst, Kyle.« Er hielt es trotzdem für eine ausgesprochen schwache Erklärung, da sie fast im neunten Monat mit dem Kind eines anderen Mannes schwanger war, als sie ihm die Tür geöffnet hatte.

Ja, überflüssig zu sagen, dass die Hochzeit abgesagt wurde. Kyle verschaffte der Taverne vor Ort für ein paar Monate ein schönes Einkommen und wäre vielleicht Amok gelaufen und hätte jeden in Sichtweite angefallen – wäre Reid nicht gewesen. Reid war derjenige gewesen, der ihn durch Gespräche aus seiner Verzweiflung herausgeholt und ihn gebeten hatte, sich dem Clan in Kodiak Point anzuschließen.

»Ich brauche einen Mann, auf den ich mich verlassen kann. Einen, der sich mit Technik auskennt,

da ich ein Dummkopf bin, wenn es um elektrische Geräte geht.«

Reid hatte ihm eine Chance angeboten. Eine Chance, dem Clan zu entkommen, dem er angehörte, wo er nie wusste, wann er Bethany und den Mann, den sie ihm vorgezogen hatte – einen normalen Rudelwolf, und ein räudiger noch dazu –, zu sehen bekam.

Kyle nutzte die Gelegenheit zur Veränderung, aber er sprang danach nicht auf den Zug der Liebe und Hingabe. Er hatte kein Interesse daran, weil diese Art des Verrats einen Mann nie wieder losließ. Es beeinträchtigte seine Sicht der Frauen im Allgemeinen. Bethany hatte sein Vertrauen gebrochen, als es um das Konzept der Liebe und der Verpflichtungen ging.

Und dann kam Crystal. Crystal, die sich weigerte, seinem Charme zu erliegen. Crystal mit ihrer starken Lebenseinstellung, ihren fürsorglichen Mutterinstinkten und einem schönen Körper, auf dem er nur zu gern seinen Kopf abgelegt hätte – natürlich ohne Hemd. Dazu kommt ein kleines Mädchen, für das er ein Ritter war – *ich, ein verdammter Ritter,* das brachte ihn immer noch zum Lachen –, und es war um ihn geschehen.

Verdammt, seit er die beiden getroffen hatte,

hatte er bereits den Fluch der Domestikation gespürt, der Besitz von ihm ergriff, da sein Fluchen von heftig zu fast kindertauglich geworden war.

Mission Nr. 741: Kein Fluchen in Anwesenheit der süßen Kleinen. Diese Mission kam direkt nach Mission Nr. 740: Sag Darren, wenn er noch einmal auf Crystals Arsch starrt, wird er Geld für einen Zahnarzt brauchen.

Keine Schimpfwörter. Früh aufstehen. Dann einkaufen. *Wie lange noch, bis sie mich dazu gebracht haben, Hemden mit Kragen zu tragen, anstelle von Heavy-Metal-T-Shirts? Wie lange noch, bis ich Opfer des hässlichen, gestrickten Weihnachtspullover-Phänomens werde, den alle entmündigten Ehemänner zu dieser Jahreszeit tragen?*

Mist. Es konnte ein Karibu fast dazu bringen, seine menschliche Haut abzulegen und in die Wildnis zu fliehen. Das Tier wollte vielleicht aus dem Geschirr fliehen, aber der Mann hatte kein Interesse daran zu entkommen.

Nein, stattdessen stürzte Kyle sich kopfüber in Schwierigkeiten, indem er den süßesten kleinen Schatz mit zum Einkaufen nahm. Zuerst war das Geschenk für ihre Mutter dran. Nichts geht über ein Geschenk, um die ablehnende Haltung einer

Dame zu erweichen. Das hoffte er zumindest. Der schwierige Teil war die Auswahl eines passenden Präsentes.

Nachdem er seit Jahren für niemanden mehr eingekauft hatte – er zog es vor, seiner Mutter Briefe mit Weihnachtskarten und Bargeld zu schicken –, sah er zweifelnd auf den Gegenstand, von dem Gigi feierlich betonte, dass Crystal ihn unbedingt haben musste.

»Bist du dir sicher, dass das das Richtige ist?«, fragte er zweifelnd.

Sie nickte enthusiastisch. Er verzog das Gesicht, als er den Gegenstand nahm und in den Einkaufswagen legte. Er zweifelte nicht an Gigis Urteil. Was wusste er schon vom Geschenkekaufen? Aber nur für den Fall, dass Gigi danebenlag, warf er noch ein zweites Geschenk in den Wagen.

Mission Nr. 742 erfüllt – Crystal ein Geschenk kaufen –, jetzt war es an der Zeit für die supergeheime Mission Nr. 739. Als er Crystal in der Schlange vor der Kasse stehen sah, floh er mit Gigi – die im Kindersitz des Einkaufswagens saß und kicherte, als er mit dem Wagen losstürmte – in Richtung der Spielzeugabteilung, um das weltbeste Stofftier zu finden.

Das Lachen eines kleinen Mädchens. Unbezahlbar. Ein Mann würde alles tun, um dieses Geräusch zu hören.

Mission Nr. 743: Gigi dazu zu bringen, so oft wie möglich zu lachen.

Und dank dieser neuen Mission hatte er auch eine gute Erklärung dafür parat, warum er einen riesigen Stoff-Panda mit sich herumschleppte, als sie Crystal sahen, die versuchte, sich aus dem festen Griff eines Mannes zu befreien. *Um es mal klar auszudrücken: Er ist ein totes Arschloch, wenn er meine Frau nicht augenblicklich loslässt.*

Er sah ihn wütend an. Es half nichts. Aber das konnte auch daran liegen, dass das riesige Kuscheltier nicht gerade dazu beitrug, ihn wie einen harten Typen aussehen zu lassen, der dir gleich den Arsch versohlt, wenn du die Berglöwin nicht in Ruhe lässt. Kein Wunder, dass der Typ lachte, als Kyle knurrte: »Sei ein braver Hund und lass die Frau in Ruhe.« *Mein.*

»Versucht der Typ mit dem Riesen-Teddy tatsächlich, mich zu bedrohen?« Er sagte es mit der größtmöglichen Verachtung und das war total inakzeptabel.

Gigi zitterte vor Furcht und versteckte sich neben dem Panda, den Kyle auf dem Boden abgestellt hatte. Sie sah ihn mit ihren großen Augen an und musste nicht erst leise lispeln: »Das ist Malcolm«, damit er erraten konnte, um wen es sich bei dem Arschloch handelte.

Ein vorgezogenes Weihnachtsgeschenk für mich. Ich muss dieses Jahr wohl wirklich ein braver Junge gewesen sein. »Bedrohen? Ich habe dich nicht bedroht. Ich habe dir ein Versprechen gegeben. Und dies ist deine letzte Warnung. Nimm sofort deine Hände von Crystal, sonst passiert was.«

»Ach ja, und was, Großer?«

Kyle wollte ihm gerade zeigen, was, und musste sich beherrschen, die Hand nicht zu heben, als Crystal sich aus Malcolms Griff befreite und zwischen sie trat.

Sie sah ihn mit flehendem Blick an. »Kyle, würdest du bitte mit meiner Tochter irgendwohin gehen, während ich mich um diese Angelegenheit kümmere?«

Als würde er jetzt einfach gehen.

Dieser Mann ist eine Bedrohung.

Nicht nur für Crystal selbst, aber für alle Missionen, bei denen es um Gigi und Crystal ging. Er hatte Versprechungen gemacht und er gedachte, diese auch einzuhalten, außerdem hatte er seinen Ruf als Ritter aufrechtzuerhalten. Ja, er musste zugeben, wenn auch nicht laut, dass es ihm gefiel, für jemanden der Held zu sein. *Ich würde toll in einem Leder-Superhelden-Outfit aussehen.*

»Ich werde nicht gehen«, stellte er klar, aber er musste dafür sorgen, dass Crystal nicht mehr in Gefahr war. Da er bezweifelte, dass sie ihren süßen Arsch von allein aus dem Weg schieben würde, um ihm freie Sicht zu gewähren, tat er das Offensichtlichste. Er legte ihr den Arm um die Hüfte und grunzte zufrieden, als sie daraufhin ausgesprochen weiblich aufschrie, zusätzlich jubelte er innerlich darüber, dass er sie berührt hatte. Wie er vermutet hatte, fühlte sie sich genau richtig an.

Er zog sie an seine Seite, wo sie mit aufeinandergepressten Lippen stehen blieb und ihn mit leicht wütendem Blick ansah. Gigi warf die Arme um ihre Mutter und es war offensichtlich, dass sie Angst hatte. Crystal bückte sich, um Gigi an sich zu drücken.

Meine süße Kleine eingeschüchtert? Auf keinen Fall. Kam überhaupt nicht infrage. Eigentlich hatte er vorgehabt, Crystal zu bitten, Gigi woanders hinzubringen, während er sich mit Malcolm *unterhielt*. Allerdings änderte er seine Meinung, als er sah, wie die Kleine am ganzen Körper zitterte. Er musste ihr klarmachen, dass ihr Ritter es nicht zulassen würde, dass der böse Drache sie weiterhin einschüchterte.

Kyle sah das kleine Mädchen an und fragte sie: »Nase, Bauch oder Kinn?«

Gigi war überrascht und es dauerte einen Moment, bevor sie antwortete: »Nase.«

»Gute Wahl«, erwiderte er.

Er drehte sich herum und schlug so schnell zu, dass der Vollidiot nicht die Zeit hatte zu reagieren. Was ziemlich ungewöhnlich war, da er über Wolfsgene verfügte, was Kyle gerochen hatte, sobald er ihm näher gekommen war.

Große Klappe und nichts dahinter. Als der Knorpel unter seiner Faust zersplitterte, fuhr der Idiot, der besser zugehört hätte, schreiend herum. Die meisten Männer in dieser Situation wären jetzt zu dem Schluss gekommen, dass sie in Schwierigkeiten steckten und dass es vielleicht besser wäre, einfach zu gehen. Oder in diesem Fall zu rennen.

Glücklicherweise schien Malcolm, der Idiot, einmal mehr auf den Kopf gefallen zu sein als jeder andere, den Kyle kannte, und schnallte es immer noch nicht. »Du verdammtes Arschloch! Ich werde dir schon beibringen, was es heißt, mich zu schlagen.«

War dem Mann eigentlich klar, dass Frauen in der Nähe waren? »Pass lieber auf, was du sagst«, rügte Kyle ihn. »Es sind Frauen und Kinder anwesend.« Aufgrund der Ironie des Ganzen musste er fast lachen, stattdessen lächelte er, als der Idiot ihm den perfekten Grund lieferte, ihn fertigzumachen – als würde Kyle wirklich einen benötigen. Selbst die Tatsache, dass der Wolf die gleiche Luft einatmete, beleidigte ihn.

»Verdammte Scheiße –«

Der Rest dessen, was Malcolm sagen wollte, ging unter, als Kyle nahe an Malcolm herantrat und ihm mit dem Knie in den Magen trat. Die Luft entwich keuchend aus seinem Mund und er knickte ein.

Kyle war allerdings noch immer nicht fertig.

Er ergriff den Mann bei den Haaren und zerrte ihn von den Mädchen weg. Und obwohl er nicht vor Frauen fluchte, so gab es doch Zeiten im Leben eines Mannes, an denen eine deutliche Sprache angebracht war, zum Beispiel jetzt. »Jetzt hör mir mal zu, du jämmerliches Beispiel eines verdammten Gestaltwandlers. Ich sage es dir nur einmal. Halte dich von Crystal und Gigi fern. Wenn du auch nur daran denkst, ihr nahe zu kommen, sie anzurufen oder, verdammt noch Mal, auch nur an sie zu denken, werde ich dir deinen flohverseuchten Hintern versohlen und dich umbringen.« Und Spaß daran haben. Anscheinend hatte er seinen Mädchen gegenüber einen besonders großen Beschützerinstinkt.

»Das würdest du verdammt noch mal nicht wagen. Die Gesetzgebung –«

»Ist mir scheißegal. Ich weiß, wie ich eine Leiche verschwinden lassen kann und meine Spuren verwische, du kannst mir also glauben, wenn ich dir sage, dass ich dich töten werde, wenn ich es möchte, und es keine einzige Behörde gibt, die mir dafür ans Leder gehen könnte. Hast du mich verstanden?« Kyle versuchte, das diesem Idioten so klar wie möglich zu vermitteln. Eigentlich war er noch viel zu nett, so nett, dass seine Freunde sich über ihn lustig gemacht hätten. Und trotzdem…

Malcolm rief so laut, dass es sogar das kleine Mädchen hören konnte: »Fick –«

Er verpasste ihm einen weiteren Schlag auf die bereits gebrochene Nase und noch ein Schlag brachte seine Lippe zum Bluten, dann folgten noch ein paar weitere, einfach nur so, aus Spaß. Anschließend warf er Malcolm zu Boden.

Kyle seufzte, als er das jammernde Häufchen

Elend auf dem Boden betrachtete. »Habe ich dir nicht gesagt, dass du vor Frauen und Kindern nicht fluchen sollst? Manche lernen es eben nie. Erinnere dich an das, was ich dir gesagt habe, beim nächsten Mal werde ich nämlich nicht so nachsichtig sein.« Er war wirklich unglaublich freundlich und es war wie ein verfrühtes Weihnachtsgeschenk für diesen Idioten, dass er ihn davon kriechen ließ, anstatt dafür zu sorgen, dass er vom Krankenwagen abgeholt werden musste.

Kyle wandte ihm den Rücken zu und ging davon, ohne sich noch einmal umzusehen, ob vielleicht jemand Zeuge dieser Szene geworden war.

Würde jemand die Polizei rufen? Vielleicht, aber es war wahrscheinlicher, dass die Leute es als persönliche Angelegenheit betrachten würden, die privat untereinander geregelt wurde. Hier oben im noch etwas rauen Norden wurde nicht immer alles so ganz genau genommen, was Recht und Gesetz betraf. Man ging ein wenig direkter und unter Umständen auch ein wenig gewalttätiger mit den Dingen um. Das war nun mal die Art der Gestaltwandler.

Zumindest derjenigen, die die Eier dazu in der Hose hatten – beziehungsweise das entsprechende Geweih auf dem Kopf.

Als Gigi ihn kommen sah, wand sie sich auf dem Arm ihrer Mutter, und zwar so lange, bis Crystal sie absetzte. Das kleine Mädchen flog mit weit ausgebreiteten Armen auf ihn zu und er hob sie sich auf den Arm. Er begann bereits, sich an ihr Gewicht auf seiner Hüfte zu gewöhnen. Sie legte ihren kleinen Kopf direkt unter sein Kinn und flüsterte: »Du hast es geschafft.«

»Das habe ich. Ich habe den Wolf besiegt.«

»Oder ihn wütend gemacht«, murmelte Crystal, als er bei ihr ankam.

»Jedenfalls wird er dich und Gigi nicht mehr belästigen.« Falls er das nämlich tun sollte ... »Gehen wir lieber was essen. Ich weiß ja nicht, wie es euch Mädchen geht, aber die Tatsache, diesen Riesenpanda herumschleppen zu müssen, hat mich ganz schön hungrig gemacht.« Mit Gigi auf der Hüfte und Crystal im Schlepptau, die seine Einkäufe trug, gingen sie zum Wagen.

»Wage ich es zu fragen, warum du einen riesigen Panda gekauft hast?«, fragte Crystal, als sie sich auf dem Beifahrersitz seines Pritschenwagens anschnallte.

»Der ist für ein ganz besonderes Kind, das ich kenne. Die Süße hier hat mir dabei geholfen, ihn auszusuchen.«

Und das war alles, was er zu dem Thema sagte. Sein geheimnisvolles Lächeln und Zwinkern sorgten dafür, dass Crystal die Lippen schürzte, aber seine neugierige kleine Katze fragte nicht nach und hielt ihre Zunge im Zaum. Eine Schande. Ihm wären viele schöne Dinge eingefallen, die sie damit anstellen konnte.

Es dauerte nur ein paar Minuten, bevor sie die goldenen Bögen von McDonalds gefunden hatten. Während ihres Abendessens, das aus einem Happy Meal mit Cheeseburger für Gigi, einem Chickenburger für die Berglöwin und mehreren Salaten für ihn bestand, verloren sie kein Wort über den Vorfall mit Malcolm.

»Kein Fleisch?«, fragte Crystal, während sie ihren Burger verschlang und ihn dabei neckend ansah.

»Ich bin Vegetarier.«

Sie hätte sich fast an ihrem Burger verschluckt. »Im Ernst?«

»Ich finde das nicht witzig.«

»Du isst also Salat, wie ein Kaninchen?«, fragte Gigi mit einer Belustigung, wie nur Kinder sie an den Tag legen können.

Er sah sie böse an, während er weiterhin an seinem Salat kaute. Im Gegensatz dazu, wie er es zu Militärtagen mit seinen Armeebrüdern tat, konnte er die beiden Mädchen nicht mit auf den Übungsplatz nehmen und sie mit dem Gesicht in den Matsch drücken, bis sie es aufgaben, Fleisch zu essen.

Also trotzte er ihrem Spott.

Und obwohl sie sich über ihn lustig machten, war er in seinem Leben nie so zufrieden gewesen. Als sie nach Kodiak Point zurückfuhren, der Riesen-Panda sicher auf der Ladefläche unter einer Plane verstaut, schlief Gigi in ihrem Kindersitz ein, ihren kleinen Kopf an Crystals Schulter gekuschelt. Da es dunkel war und nur noch eine kurze Fahrt vor ihnen lag, bevor sie an ihrem Haus ankamen, fragte er Crystal: »Das war also dein Ex-Freund Malcolm?«

»Wohl eher ein Ex-Kontrollfreak. Und unglaublich nervtötend. Aber ich kann damit umgehen. Du hättest dich nicht darum zu kümmern brauchen.«

»Das musste ich sehr wohl. Und nur damit du es weißt: Ich habe es nicht für dich getan.«

»Lass mich raten, es war wohl eher ein typisch männlicher Schwanzvergleich.«

»Nur damit du es weißt, meiner ist sowieso immer der größte. Außerdem hat es wirklich nichts mit dir zu tun, Schlaumeierin. Ich habe es für sie getan.« Mit einem Kopfnicken zeigte er in Gigis Richtung. »Für sie war es wichtig zu sehen, dass jemand wie Malcolm nicht unbesiegbar ist. Schließlich muss sie lernen, dass die Bösen nicht immer gewinnen.« Und dass es Ritter tatsächlich gab. Das behielt er aber lieber für sich.

»Wenn das so ist, vielen Dank. Es ist schön, wenn man jemanden hat, der für einen da ist. Besonders Gigi kann das gut gebrauchen.«

Er platzte mit dem heraus, was er wirklich wissen wollte. »Was ist eigentlich mit ihrem Vater passiert?«

Crystal zuckte mit den Achseln. »Wer weiß das schon? Als er erfahren hat, dass ich mit neunzehn schwanger wurde, ist er einfach verschwunden.«

»Der Feigling.« Kyle sagte es, ohne nachzudenken.

»Ja. Das war er wirklich. Er hat sie noch nie zu Gesicht bekommen. Mich noch nie kontaktiert. Nichts.«

»Das würde ich niemals tun.« Warum er das Bedürfnis hatte, ihr so etwas mitzuteilen, wusste er nicht. »Ein Mann trägt die Verantwortung gegenüber seiner Familie. Gegenüber seiner Partnerin. Seinem Kind.« Falls Kyle es jemals zuließ, dass man ihn einfing und domestiziere, so mochte er sich vielleicht sträuben, während man ihm das Halfter anlegte, danach jedoch würde er sich niemals vor der Verantwortung drücken.

»Das sollte man meinen, allerdings schien Cory nicht so zu denken. Wir waren jung und dumm.«

»Wart ihr verheiratet?«

Sie schüttelte den Kopf. »Wir waren nie richtig zusammen, haben höchstens ein paarmal miteinander geschlafen. Aber wir hatten eigentlich nichts gemeinsam. Wir haben noch nicht mal viel miteinander geredet. Höchstens um zu fragen, ob wir zu mir oder zu ihm gehen sollten.«

Eine Frau, die keine Angst davor hatte zuzugeben, dass sie ein gesundes sexuelles Verlangen hatte. Und obwohl die Eifersucht ihr grünes Antlitz zeigte – und mit den Hufen scharrte –, konnte er sie damit besänftigen, dass Crystal zur Zeit Single war. Allerdings nicht für lange, wenn es nach ihm ging. »Das hört sich so an, als wäre er nicht der Richtige gewesen.«

»Ganz sicher nicht. Wenn es um Männer geht, habe ich einige schlechte Entscheidungen getroffen. Aber wenigstens kam etwas vollkommen Perfektes dabei heraus.« Es gab keinen Zweifel daran, was sie meinte, als Crystal ihren Kopf an den der schlafenden Gigi lehnte.

»Da wir schon von schlechten Entscheidungen sprechen, würde ich mal annehmen, dass dieser Malcolm ebenfalls in die Liga der Fehltritte gehört.«

»Er spielt eher in einer eigenen Liga«, murmelte sie düster.

Und man musste wirklich kein Genie sein, um davon abzuleiten: »Du bist nach Kodiak Point gekommen, um diesem Idioten zu entkommen.«

»Ihm zu entkommen. Mich zu verstecken. Schutz zu finden. Wie du vielleicht schon bemerkt hast, kann Malcolm recht unangenehm werden, wenn es nicht nach seinem Kopf geht. Einfach nur mit ihm Schluss zu machen reichte nicht. Ich bin hergekommen, um einen Neuanfang zu wagen. Um Gigi ein besseres Leben zu ermöglichen, in dem sie keine Angst davor haben muss, von einem unsicheren Idioten angeschrien zu werden. Ein Leben, in dem sie noch träumen und an das Unmögliche glauben kann.«

Die Art, in der sie Letzteres sagte, ließ ein Licht bei ihm aufgehen: »Bist du deshalb so besessen von der Parade?«

»Das könnte man behaupten. Mit allem, was

geschehen ist, wollte ich ihr einfach ein perfektes Weihnachten ermöglichen.« Crystal verzog das Gesicht. »Ich bin mir allerdings nicht sicher, in welchem Maße mir das gelingt. Ich kann ihr noch nicht mal das geben, was sie sich wirklich wünscht.«

»Auch wenn sie nicht unbedingt das bekommt, was sie sich wünscht, so machst du meiner Meinung nach deine Sache trotzdem großartig.« Und dann tat er etwas völlig Verrücktes. Wahrscheinlich handelte es sich um einen geistigen Aussetzer, ein Resultat seiner verkorksten Vergangenheit. Was auch immer der Grund dafür gewesen sein mag, Kyle gab sein Wort, und das – schluchz – würde er niemals brechen. »Ich werde es tun.«

»Was wirst du tun?«, fragte sie, die Stirn verwirrt in Falten gelegt.

Noch konnte er einen Rückzieher machen. Sie hatte es noch nicht erraten. Oder er könnte das Richtige tun – seufz – und sich zum Gespött der Leute machen. »Ich spiele das verdammte Rentier.« Mist. Wie schrecklich.

Ihre Lippen zuckten. »Du wirst es zulassen, dass ich dir ein Ledergeschirr anlege?«

Und mich damit ans Bett fesselst. Er nickte.

»Du willst Lametta im Geweih tragen?«

Wenn er dafür jeden umbringen könnte, der es wagte, sich über ihn lustig zu machen. Wieder bestätigte er es mit einem Nicken.

»Und was ist mit der blinkenden roten Nase?«

»Muss ich diese Nase wirklich tragen?«, nörgelte er.

Um dieses freche Lächeln auf ihren Lippen und das Funkeln in ihren Augen zu sehen? Ja. Er hätte blinkende Lichter an jedem Teil seines Körpers getragen, den sie sich wünschte.

»Die Nase ist unumgänglich.«

»Du bist wirklich gemein«, beschwerte er sich grummelnd.

Daraufhin lachte sie nur, ein rollendes Lachen, das eigentlich nichts hätte bewirken sollen, doch trotzdem stellten sich daraufhin die Haare an seinen Armen auf, als wären sie elektrisch geladen, und sein Schwanz schwoll an. Was für ein verdammt verführerisches Geräusch.

Etwas später, nachdem die Unterhaltung dafür gesorgt hatte, dass die Zeit wie im Flug verging, kamen sie vor ihrem Haus an. Sie rutschte vom Beifahrersitz und ging zur Ladefläche, um ihre Tasche zu holen. Die Plane, unter der der Bär lag, fiel ihr ins Auge. Da würde jemand sich aber ordentlich freuen, wenn er am Weihnachtsmorgen einen riesigen Panda bekam.

Er wartete mit Gigi auf dem Arm neben der Hintertür auf der Beifahrerseite.

»Ich werde sie nehmen«, sagte Crystal, nachdem sie die Haustür geöffnet hatte, die den Blick auf eine imposante Treppe freigab, die hinauf zu ihrer Wohnung führte.

»Ich habe sie. Geh schon vor und mach die Wohnungstür auf.« Ja, geh vor, damit er ihren Hintern bewundern konnte, der sich jedes Mal anspannte, wenn sie eine Stufe hinaufging. Mission Nr. 738: Ihren Hintern angaffen – erledigt.

Da der Absatz oben auf der Treppe ziemlich klein war, war er Crystal sehr nahe, während sie den Schlüssel ins Schloss steckte. Sie machte die Tür auf, trat ein und ließ ihre Sachen auf einen ziemlich mitgenommenen Tisch direkt neben der Tür fallen.

Dann drehte sie sich um und streckte die Arme nach ihrer Tochter aus, doch er schüttelte den Kopf. Mit der Zehe des einen Stiefels an der Ferse des anderen streifte er sich die Stiefel ab und trat ein. Selbst die lässigsten Gestaltwandler wussten, dass man eingeschneite Schuhe nicht im Haus trug.

»Du dickköpfiger Mann.«

Er lächelte nur.

Kopfschüttelnd führte Crystal ihn in ihr Heim, das alles andere als groß war. Durch das Sofa, das mit einem Überwurf bedeckt war, einen samtbezogenen Sessel und den viel zu kleinen Fernseher wirkte es allerdings einladend und gemütlich.

Aber mal im Ernst, wie konnte man mit einem Fernseher kleiner als sechzig Zoll leben? Und was war das? Es gab keine Spielekonsole! Nicht mal eine Wii? Völlig inakzeptabel. Das musste er ändern.

Komisch, wir er bereits jetzt an die Zukunft dachte. Sein Halfter zog sich immer enger um seinen Hals. Aber es erstickte ihn nicht – noch nicht.

Ein schmaler Flur ging vom Wohnzimmer ab und führte zu weiteren Zimmern. Eine Tür, an dem ein aus Holz geschnitztes G befestigt war, führte zu einem winzigen Zimmer. Und das Zimmer war wirklich winzig, denn darin befand sich nur ein kleines Bett, das mit einer bunten Blumendecke bedeckt war. Kyle legte das schlafende kleine Mädchen darauf und trat dann zurück, als Crystal all die Dinge tat, die man als Mutter tut, und ihr den Mantel und die Stiefel auszog. Sie drückte sie Kyle in die Hand, der sie ins Wohnzimmer brachte und dort aufhängte. Dann wartete er.

Ein paar Minuten später trat Crystal aus dem Zimmer, machte die Tür allerdings nicht zu. Stattdessen lockte sie mit dem Finger. »Gigi will mit dir sprechen.«

Mit mir? Verwirrt trat er erneut ins Zimmer und streifte Crystal dabei, wobei ihr süßer Duft ihn nur allzu verführerisch umgab.

In dem klaustrophobisch engen Raum lächelte ihn eine schläfrige Gigi an. Sie streckte die Arme nach ihm aus und sagte: »Gute Nacht.«

Er kniete sich hin und musste sich beherrschen, den kleinen Körper nicht zu fest an sich zu drücken. Ihn überkam das Gefühl, sie beschützen zu wollen.

Mission Nr. 744: Dafür sorgen, dass beim Zubettgehen Umarmungen zur Priorität werden.

Als Gigi ihn losließ, hatte sie die Augen geschlossen und atmete gleichmäßig. Er stand auf und erwischte Crystal dabei, wie sie ihn mit einer Spur Traurigkeit im Blick beobachtete. Dann drehte sie sich um und ging davon. Er folgte ihr und machte die Tür leise hinter sich zu.

In dem kleinen Wohnzimmer angekommen stand Crystal neben dem armseligsten, offensichtlich aber heiß geliebten Weihnachtsbaum, den er jemals gesehen hatte. Sie spielte mit der ausgebeulten Aluminiumkugel, die daran hing.

»Vielen Dank für alles.«

»Gern geschehen.«

»Also, ähm, dann sehen wir uns morgen, nehme ich an.«

Das würden sie. Und am darauffolgenden Tag ebenfalls.

Aber er würde nicht gehen, ohne vorher eine Mission zu erfüllen. Eine neue Mission.

Mission Nr. 745: Küsse das Mädchen.

Er machte einen Schritt auf sie zu. Sie wich nicht zurück, sah ihn aber an. Er machte einen weiteren Schritt auf sie zu, wie ein Raubtier, das auf ein nervöses Beutetier zuschritt, was ziemlich lustig war, da ihre Rollen in der Tierwelt eigentlich andersherum waren.

Als er ganz nahe bei ihr stand, ohne dass Crystal zurückgewichen war, sah sie ihn an und fuhr sich mit der Zunge über die Lippen. Es konnte sogar sein, dass sie ein wenig zitterte. »Ich weiß, was du vorhast.«

»Das hoffe ich doch sehr, es ist nämlich ziemlich offensichtlich.«

»Ich kann es mir nicht leisten, einen weiteren Fehler zu machen.«

Am liebsten hätte er ihr gesagt, dass er sie nicht im Stich lassen würde. Dass er sie nicht ausnutzen würde. Dass er ihr niemals wehtun würde, wie die Männer in ihrer Vergangenheit. *Du kannst mir vertrauen.*

Aber Kyle war ein Mann, der gerade versprochen hatte, Rudolph zu spielen. Damit hatte er schon genug an männlichem Stolz für einen einzigen Tag eingebüßt. Also zeigte er der Dame stattdessen, was er fühlte.

Und hoffentlich verstand sie, was er ihr mit der Zunge zu sagen versuchte.

KAPITEL 6

Er wird mich küssen.
Crystal wusste es ganz genau. Sie konnte es an Kyles Augen ablesen und an der Art, wie er auf sie zukam, jede seiner Bewegungen elegant, kraftvoll und gespannt. Sie würde seinem Kuss nicht entkommen. Wollte es auch gar nicht.

Vielleicht war es verrückt, aber von dem Moment an, in dem Kyle für sie eingetreten war, bewiesen hatte, dass er der Held war, für den Gigi ihn hielt, wollte Crystal seine Prinzessin spielen. Dabei war es ganz untypisch für sie, sich nach einem Märchen zu sehnen. Sie hatte die Hoffnung auf ein Happy End schon längst aufgegeben. Allerdings brachte Kyle sie dazu, wieder daran glauben zu wollen. Zum Beispiel, wenn er sich ritterlich benahm. Ein Mann mit Ehre, der noch daran glaubte, die Unschuldigen zu beschützen. Ein wahrer Prinz.

Und da wir schon von Prinzen sprechen, ist es im Märchen nicht so, dass der Typ, der die Prinzessin rettet, für seine Bemühungen einen Kuss erhält?

Also sollte sie ihm auch einen geben und hätte es fast getan. Denn obwohl sie verärgert darüber war, dass er sich eingemischt hatte, konnte sie nicht umhin, überglücklich aufgrund der Tatsache zu sein, dass er es geschafft hatte, dafür zu sorgen, dass ihre Tochter sich nicht mehr fürchtete, indem er den Helden gespielt und Malcolm aus dem Weg geräumt hatte. Aufgrund ihrer Erleichterung und ja, auch aufgrund der Tatsache, dass es ihr gefallen hatte, was er getan hatte, hätte sie Kyle fast schon auf dem Parkplatz von Walmart geküsst. Als würde sie einen Grund dazu brauchen, seine verführerischen Lippen berühren zu wollen.

Mut brauchte sie jedoch schon.

Allerdings hielt sie sich mit gutem Grund davor zurück, sich in seine Arme zu werfen. Schließlich war Gigi bei ihnen und Crystal zog es vor, auf diese Art von Aktivität vor ihrer Tochter zu verzichten. Und außerdem hatte sie Angst.

Sie hatte Angst davor, erneut eine falsche Entscheidung zu treffen.

Was sollte sie nur tun? Es wagen oder ihn auf Distanz halten?

Und diesmal waren es nicht nur ihre Hormone, die sie dazu ermutigten, diesem Mann eine Chance zu geben. Nachdem sie Zeit mit ihm verbracht, mit ihm gesprochen und gesehen hatte, wie er mit Gigi umging, stimmte auch ihr Bauchgefühl zu. Verdammt, sogar die Katze, die sie in sich trug, schnurrte, wenn er zugegen war. Und das war noch nie zuvor passiert. War es ein Zeichen?

Und was, wenn ich mich irre? Konnte sie eine weitere Enttäuschung verschmerzen? Allerdings sollte sie besser fragen, ob sie es in Zukunft immer zulassen würde, dass ihre Entscheidungen aus Furcht getroffen wurden.

Sie hatte bereits ein Jahr in der Vorhölle verbracht und ihre Bedürfnisse aus Unsicherheit nicht befriedigt, auch um sicherzustellen, dass Gigi keine weiteren Beeinträchtigungen mehr erfuhr. Aber war das Erkunden ihrer Chancen mit Kyle wirklich so egoistisch? Den richtigen Mann, einen guten Mann, zu finden, würde das nicht für sie beide von Vorteil sein?

Wir sind doch sicher auch irgendwann mal an der Reihe, Sicherheit und Glück zu bekommen.

War Kyle der Mann, der ihnen beiden helfen konnte? Derjenige, der ihnen helfen würde, eine Familie zu sein? Ihnen zum Happy End verhalf?

Gigi schien das auf jeden Fall zu glauben. Crystal war ja schließlich nicht blind. Sie sah die Bewunderung in den Augen ihrer Tochter, wenn sie Kyle betrachtete, und bemerkte das Vertrauen, das sie in ihn setzte. Der große Unterschied in der Bindung, die Kyle bereits mit Gigi eingegangen war, und derjenigen, die zwischen ihrer Tochter und Malcolm nie bestanden hatte, war so offensichtlich. Wenn Crystal den nächsten Schritt wagte, wusste sie bereits, dass die Dinge diesmal anders wären.

Wenn Kyle sich binden konnte.

Er hatte bereits bewiesen, dass die Schale des harten Kerls einen Sprung hat. Er hatte sich vielleicht anfangs wie Joe Cool aufgeführt, aber seit sie einander kennengelernt hatten, schien sich seine Einstellung geändert zu haben.

Vergiss die Borg aus Star Trek und ihren Assimilationsprozess, ich bin Mami, und ich biete ihm an, ihn zu zähmen und häuslich zu machen.

Und es schien ihm nichts auszumachen. Es

schien, dass er sich umso mehr für ein Familienleben mit ihnen begeisterte, je mehr Zeit er mit ihnen verbrachte. Je mehr sie über ihn erfuhr, desto tiefer versank sie.

Oh Gott, ich bin dabei, mich in ihn zu verlieben. Die Offenbarung verblüffte sie, besiegte aber auch ihre verbleibende Angst, weshalb sie, als er in ihre Nähe kam, nicht zurückwich, sondern den Kopf neigte und die Augen schloss, als er sich zu ihr beugte, um sie zu küssen.

Oh je.

Es bedurfte nur eines einzigen elektrisierenden Druckes seiner Lippen, und schon war es um sie geschehen.

Das sofortige Bewusstsein schoss durch sie hindurch, ein Kribbeln, wie sie es seit ihrem ersten Kuss nicht mehr erlebt hatte. Es gab nichts, was diese Umarmung aufhalten konnte. Es gab keinen Grund, die sinnliche Berührung ihrer Lippen zu lösen.

Heiße Atemzüge verschmolzen, als sich die Münder trennten, um ihren Zungen zu erlauben, sich einem windenden Tanz hinzugeben. Sie schlang ihre Arme um seinen Hals und er legte die Arme um ihren Oberkörper, und so hielten sie einander fest umschlungen, fest genug, sodass sie das stete Pulsieren seines Herzens, die Härte seines Körpers und seine offensichtliche Erektion spüren konnte. Es gab keinen Zweifel an seinem Verlangen, ihrem Verlangen. Ihrer beider Leidenschaft ...

Sie schob ihre Finger durch sein Haar, kratzte und zerrte, ihr Atem ein heißes Keuchen, das er einatmete. Er hob sie hoch, sodass sie sich gegen die Wand lehnte, seine Stärke ein Teil von ihm, mühelos und so sexy. Mit seinem Unterkörper heftete er sich gegen sie, rieb und hielt sie an Ort und Stelle und hatte dadurch die Hände frei, um sie zu erforschen. Und das tat er auch, während er mit dem Mund den ihren plünderte und ein schmerzhaftes Verlangen in ihr auslöste.

Berühre mich, wollte sie stöhnen, aber sie war nicht mehr in der Lage, zusammenhängende Sätze zu bilden, sondern war stattdessen im Augenblick und seinen Empfindungen gefangen.

Aber man musste es ihm nicht sagen. Mit den Fingern fand er den Rand ihres T-Shirts und ließ sie darunter rutschen, die rauen Fingerspitzen wie ein sanftes Reiben auf ihrer Haut. Mit federleichten Berührungen bahnte er sich einen Weg über ihren Brustkorb zu ihren eingeengten Brüsten. Er ließ sich nicht von dem Baumwoll-BH abschrecken.

Nichts war so sexy wie ein schlichter weißer Sport-BH. Es schien ihn nicht zu stören. Mit dem Daumen streichelte er über ihre steife Brustwarze, die gegen den Stoff drückte, wobei der Stoff eine sinnliche Barriere bildete, wodurch es nur noch aufregender wurde, als er endlich ihren BH nach oben schob und ihre Brust entblößte.

Sie saugte scharf die Luft ein, als er mit seinem schwieligen Finger über ihre Knospe streichelte. Immer wieder rieb er, dann kniff er zu, was sie zum Keuchen brachte. Wie konnte das simple Berühren ihrer Brustwarze ihr solch erotisches Vergnügen bereiten? Wen kümmerte das? Ein Schaudern fuhr durch sie hindurch, als er in ihre Brustwarze kniff.

Und dann hörte er auf. *Nein*. Wenn sie den Atem dazu gehabt hätte, hätte sie laut protestiert.

Er bewegte ihren Körper und drückte sie höher an die Wand, was bedeutete, dass sich seine Lippen nun außer Reichweite ihrer eigenen befanden, aber das nur, weil er anscheinend einen anderen Ort gefunden hatte, den er erkunden musste.

»Kyle.« Sein Name kam geflüstert über ihre Lippen, als er seinen heißen Mund an ihre Brustwarze legte. Er saugte und wirbelte mit seiner agilen Zunge um die Spitze. Jeder Biss, jedes

Saugen schickte einen Stoß Hitze zu ihrer Muschi.

Zuerst eine Brust, dann die andere. Er nahm sich Zeit für jede einzelne, erkundete und neckte sie, bis das Blut in ihrem Körper kochte, alle ihre Nervenenden sich wanden und ihr Höschen immer feuchter wurde.

Er ließ schließlich mit beiden Lippen von ihren Brustwarzen ab, wodurch sie allerdings nicht aufhörten, vor Verlangen zu pochen. Mit dem Mund bahnte er sich einen Weg über ihren Bauch, bis er den Knopf an ihrer Hose erreichte.

Sie sah nicht, wie er es tat, aber irgendwie schaffte er es, ihre Hose zu öffnen, und er küsste die Spitze ihres Schamhügels durch ihr Höschen – das auch aus Baumwolle war, was ihn jedoch nicht davon abhielt, sie weiter sinnlich zu verführen.

Oder etwa doch?

Als er sie auf dem Boden absetzte, schrie sie fast auf, aber seine Lippen hingen an ihren. Und dann machte es ihr nichts mehr aus, weil es schien, als hätte er einen guten Grund, sie loszulassen, nämlich den, sie von ihrer Hose zu befreien, sodass er ihr das Höschen vom Leib reißen konnte.

Ein Zug. Ein sexy Reißen des Stoffes und sie lag entblößt vor ihm.

Unglaublich sexy.

Sie war nackt und ihm völlig ausgesetzt, und er vergeudete keine Zeit und berührte sie. Er berührte ihre feuchte Muschi mit seiner Hand, während er an ihrer Zunge saugte.

Sie wäre fast gekommen.

»Ich will dich schmecken, Crystal«, murmelte er, seinen Mund an ihrem. »Ich werde dich lecken, bis du kommst.«

Welche vernünftige Frau würde nicht auf diese Worte reagieren?

Verdammt, sie wäre fast gekommen. Sie bebte und erschauderte auf jeden Fall. Sie schrie auf und klammerte sich an ihr steigendes Verlangen, als er auf die Knie fiel und sie leckte. Ihre Muschi zog sich fest zusammen, als er mit den Händen ihre Schenkel teilte, und sie fühlte, wie sein warmer Atem über ihre pochende Muschi strich.

Bei seinem ersten Lecken brach sie fast zusammen, aber er fing sie mit den Händen auf, hielt sie fest, zwang sie, sich der dekadenten Folter seiner Zunge zu unterwerfen. Seiner süßen, genussvollen, erotischen Folter.

Es dauerte nicht lange. Das nasse und warme Lecken und Saugen seines Mundes reizte ihren bereits vor Verlangen pochenden Körper. Als er die Spitze seiner Zunge gegen ihre Klitoris drückte, war es um sie geschehen.

Nur indem sie auf ihre Lippe biss, gelang es ihr, einen Schrei zu unterdrücken. Aber oh, wie sehr sie sich danach sehnte, seinen Namen zu rufen! Um es in die ganze Welt hinauszuschreien.

Welle um Welle des Vergnügens wogte durch sie hindurch, als er nicht aufhörte, sich in sinnlichem Vergnügen an ihrer Muschi gütlich zu tun.

Schließlich konnte sie nicht mehr und sie schaffte es, nach Luft zu schnappen und zu keuchen: »Aufhören.«

Mit einem letzten, sanften Kuss auf ihre Intimzone verabschiedete er sich und stand auf, um sie in den Arm zu nehmen. Sie erwiderte diese Geste, keiner von beiden sprach etwas, sondern sie genossen einfach diesen intimen Moment, der es ihr ermöglichte, wieder zu sich zu kommen.

Nun, da er sie hatte kommen lassen, war es Zeit für sie, sich zu revanchieren.

Aber als sie ihre Hände an seinen Hüften entlanggleiten ließ, hielt er sie auf und hob sie sich an die Lippen, wobei er jede einzelne küsste, bevor er sie losließ.

»Ich sollte jetzt besser gehen.«

Es dauerte einen Moment, bis die Bedeutung

seiner Worte zu ihr durchdrang. »Du willst gehen?« Es gelang ihr nicht, die Ungläubigkeit in ihrer Stimme zu verbergen, besonders da sie den Beweis seiner Erregung an der dicken Beule in seiner Jeans sehen konnte.

»Ich habe dir doch gesagt, dass ich anders bin als die anderen Männer, und das werde ich dir jetzt beweisen.«

»Indem du nicht mit mir schläfst?« Sie konnte nicht umhin, verwundert zu sein.

»Genau. Mir ist klar, dass alles zwischen uns ziemlich schnell geht, was dich wahrscheinlich nervös macht. Mich macht es jedenfalls nervös. Aber auf gute Art«, fügte er schnell hinzu, um sie zu beruhigen. »Ich gehe jetzt nicht, weil ich dich nicht will, denn glaub mir, ich will dich.«

»Behauptet der Typ, der im Begriff ist abzuhauen.« Sie kam noch immer nicht mit der Wendung der Dinge klar.

»Ich gehe, um eine kalte Dusche zu nehmen und mich in ein einsames Bett zu legen.«

»Das musst du aber nicht.« *Ehrlich, du kannst bei mir bleiben.* Sie konnte sich gerade so davon abhalten, ihn anzuflehen. Was stimmte nicht mit ihr? Er versuchte, sich wie ein Gentleman zu benehmen, und sie war nahe dran, ihn zum Bleiben zu zwingen.

»So leid es mir auch tut, ich muss gehen. Du brauchst Zeit, um das zu verarbeiten, was zwischen uns geschieht. Damit du verstehst, dass ich dich und Gigi niemals schlecht behandeln würde. Dass ich ein Mann bin, auf den du dich verlassen kannst. Also gehe ich, obwohl ich viel lieber bleiben würde. Ich bleibe erst, wenn ich weiß, dass du mir vertraust.«

Ehrgefühl? Das gab es tatsächlich noch? »Du bist ja nicht bei Trost.«

»Wenn man den Psychologen beim Militär glauben darf, bin ich sogar fast verrückt.« Er grinste. »Aber im Gegensatz zu meinem guten Freund Boris hab ich's nicht so mit Waffen, also ließen sie mich gehen. Und obwohl ich mein Heim nicht mit Waffen dekoriere, muss ich dich warnen, dass ich ein Technikfreak bin. Wenn du mit mir zusammen bist, heißt das für dich, dass du dich mit einer Lautsprecheranlage in jedem Zimmer abfinden musst. Mit einem Alarmsystem, das bei jedem Fliegenfurz losgeht. Und damit, dass du mich jede Woche ein paar Stunden an meine Freunde verlierst, damit ich mit ihnen online spielen kann.«

»Das hört sich ja an, als hättest du eine langfristige Beziehung im Sinn.«

Ein sinnliches Lächeln umspielte seine Lippen. »Sag mir jetzt nicht, dass du noch nicht von allein darauf gekommen bist.«

Die Hoffnung blühte in ihr auf, ein warmer Punkt in ihrer Brust, den sie schon lange nicht mehr gespürt hatte. »Ich hatte Angst davor, so weit vorauszuplanen«, gab sie zu. »Ich wurde in der Vergangenheit oft enttäuscht.«

»Und das wird sich jetzt ändern. Von jetzt an ist alles anders. Für dich und Gigi. Verdammt, ich kann kaum glauben, dass ich tatsächlich so denke. Noch vor ein paar Tagen, bevor ich dich kennengelernt habe, war alles, woran ich dachte, nun ja ... ich selbst«, sagte er ohne auch nur das geringste Anzeichen von Reue und grinste. »Aber ich will verdammt sein, denn jetzt hat der Gedanke an ein *Uns*, als Familie, einen viel größeren Reiz.«

»Vielleicht hat dich einfach nur die Weihnachtsstimmung angesteckt. Vielleicht vergeht das wieder.«

»Angesteckt ist noch völlig untertrieben. Aber nein, Baby, das vergeht nicht. Ich habe dich zu meiner Mission gemacht.«

»Mission?«, fragte sie lachend und komischerweise machte es ihr dabei gar nichts aus, dass sie dieses Gespräch mit einem Mann führte, der ihr gerade einen Orgasmus beschert hatte, und sie dabei nur ein T-Shirt trug, dass ihr kaum über die Hüften reichte. Was für einen Anblick sie doch bieten musste.

»Ja, meine Mission. Und da muss ich dich gleich warnen, dass ein Teil meines Verrücktseins oder besser gesagt meiner liebenswerten Eigenheiten, wie ich sie nenne, darin besteht, die Dinge als Missionen zu sehen.«

Sie zog die Nase kraus. »Okay, und was bedeutet das?«

»Also, momentan arbeite ich gerade an Mission Nr. 746: Für ein bestimmtes kleines Mädchen den besten Rudolph zu spielen, den es jemals gegeben hat.«

Wie ausgesprochen merkwürdig und trotzdem süß. »Diese Mission gefällt mir, und hast du vielleicht irgendwelche Missionen, die mich betreffen?« Ausgesprochen zurückhaltend? Ja, aber sie konnte nicht umhin zu fragen, und das nicht nur wegen der neugierigen Katze, die in ihr wohnte.

»Was dich angeht, habe ich haufenweise Missionen, Baby. Und ich bin ein Mann, der sie gern erfüllt.«

Er wackelte mit den Augenbrauen und sie lachte. »Ich muss zugeben, dass es mich überrascht, dass du erst bei Nr. 746 bist.«

»Weil ich immer am Ersten des Jahres neu beginne. Mir gefällt ein Neubeginn zum Jahresanfang. Wenn du mich jetzt bitte entschuldigen würdest, ich muss mich um Mission Nr. 747 kümmern.«

»Die da wäre?«

»Eine kalte Dusche zu nehmen und meine geschwollenen Eier abzukühlen, bevor ich der Versuchung nachgebe.«

»Und was, wenn ich möchte, dass du bleibst?«

Er stöhnte, schloss die Augen und intonierte: »Ich darf nicht aufgeben.«

Sie lachte. »Du bist wirklich ein merkwürdiger Kerl, Kyle.«

»Merkwürdig, aber liebenswert?«, fragte er und sah sie hoffnungsvoll mit einem Auge an.

»Ja.«

Anscheinend gefiel ihm ihre einfache Antwort, denn er küsste sie daraufhin und nahm sie so fest in den Arm, dass sie kaum noch Luft bekam. Aber es gefiel ihr, er gefiel ihr, und deswegen umarmte sie ihn genauso fest zurück.

Und dann, als sie gerade dachte, es könnte

wieder interessant werden, floh er, wobei er weiterredete, als er vor ihr zurückwich. »Verdammt, Baby, du sorgst noch dafür, dass ein Soldat sich selbst vergisst. Ich hole euch beide morgen früh zum Frühstück ab.«

»Gute Nacht, Rudolph!«, rief sie ihm nach, als er unten auf der Treppe und an der Eingangstür ankam.

Dann lachte sie, als er grummelte: »Ich kann immer noch nicht glauben, dass ich das tatsächlich tue.«

Als sie die Tür zu ihrer Wohnung zumachte, ein dümmliches Grinsen auf dem Gesicht, konnte sie nicht umhin zu hoffen, dass dies das beste Weihnachten aller Zeiten werden würde.

KAPITEL 7

Das. Schlimmste. Weihnachten. Aller. Zeiten.

Mit geschwollenen Eiern, absolut sauber und nervös von zu viel Kaffee zweifelte Kyle an seinem Verstand. *Warum habe ich mich nur jemals freiwillig dazu gemeldet? Kann nicht jemand schnell eine Bombe finden, die ich entschärfen muss? Oder mich darum bitten, alle Fernseher im Haus zu verkabeln?*

Und dabei half es auch nicht gerade, dass sein Bedürfnis zur Flucht sich einen erhitzten Kampf mit seinem noch stärkeren Willen, zu bleiben, lieferte, und all das nur wegen einer Berglöwin, die jetzt versuchte, seinen Unmut zu lindern.

»Du siehst sehr gut aus«, schnurrte ihm Crystal ins Ohr, während sie das Fell in der Mitte seines

Geweihs streichelte. »Und mach dir keine Sorgen. Ich bin mir fast sicher, dass der Glitter von dir abfällt, wenn du dich bewegst.«

Er sah sie böse an, was ihr allerdings aufgrund der rot blinkenden Nase nur wenig ausmachte.

»Armer Schatz«, sagte sie lachend. »Ich werde es wiedergutmachen müssen. Vielleicht solltest du nach der Parade zum Abendessen vorbeikommen.«

Er entschied sich dagegen, sie mit seinem Geweih aufzuspießen.

»Wir können uns zusammen *Die Hüter des Lichts* ansehen.«

Das war ein halbwegs annehmbarer Weihnachtsfilm mit viel Action. Und man sollte ihn nicht deswegen verurteilen, weil er Zeichentrickfilme mochte. Sondern vielmehr dafür, dass er den gesamten Text von »Lass jetzt los« aus Disneys *Die Eiskönigin – Völlig unverfroren* kannte.

»Und wenn Gigi dann ins Bett geht, könnten wir vielleicht …«

Ja. Oh, ja.

»Ihre Geschenke verpacken. Du könntest mir helfen, ich kann das nämlich nicht so gut.«

Was für eine Enttäuschung. Er ließ die Ohren hängen und sie lachte.

»Ach, jetzt schau nicht so traurig drein. Ich weiß, dass es nach sehr viel Arbeit klingt, aber ich sorge dafür, dass es deine Zeit wert ist. Versprochen«, fügte sie mit einem heiseren Flüstern hinzu.

Mit diesen vielversprechenden Worten glitt sie von dannen. Hätte er ihr nachpfeifen können, hätte er es jetzt getan. Doch wie die Dinge gerade standen, flämte er ihr nach, und zwar auf die speicheltriefende Art, wie Karibus es tun. Dann schnaubte er und scharrte mit den Hufen auf dem Boden wie ein Stier, als ihm klar wurde, dass er nicht der einzige Mann war, der die Aussicht genoss.

Sie gehört mir. Und er konnte es kaum erwarten, bis die ganze Welt – und besonders ihre männlichen Bewohner – es erfuhr. Und dann würde er jedem, der es wagte, ihr nach zu gaffen, zeigen, warum man sich niemals mit dem Typen anlegen sollte, der das Passwort auf ihrem Telefon austauschen und nicht nur den Anrufbeantworterspruch verändern, sondern dem Telefon auch einen schrecklich unanständigen und lauten Klingelton verpassen konnte. Das gehörte zu seinen liebsten Streichen und er hatte viele gute Erinnerungen daran.

So konnte man das Wiehern des Elchs aus kilometerweiter Entfernung hören.

Und das Beste daran? Boris war, was Technik betraf, vollkommen unfähig und musste ihn freundlich darum bitten, den schrecklichen Klingelton zu wechseln.

Kyle merkte sich die Namen und Gesichter der Männer, die es wagten, das anzugaffen, was ihm gehörte. Dann schüttelte er sich gedanklich.

Was mache ich da eigentlich?

Er war nie zuvor eifersüchtig geworden, erkannte das Gefühl aber. Nur ein weiteres Zeichen dafür, dass Crystal sich von all den anderen Frauen unterschied, mit denen er zusammen gewesen war. *Von jetzt an gibt es nur noch eine einzige Frau.* Und obwohl er es vorher noch nie in Betracht gezogen hatte, sich zähmen zu lassen, war es nun, da er Crystal und Gigi kennengelernt hatte, alles, woran er denken konnte. Alles, was er sich wünschte.

Genau das, was ich brauche.

Es bedurfte keiner Mission, um zu erkennen, dass in seinem Leben etwas fehlte, seit er aus dem Krieg zurückgekehrt war. Er hatte versucht, diese klaffende Leere mit Alkohol, Streichen und Arbeit zu füllen, verdammt, er hatte sogar gelegentlich einen Kampf angezettelt, um zu sehen, ob es helfen würde, wenn er auf etwas einprügelte.

Bis jetzt hatte nichts etwas gebracht.

Crystal und Gigi und das Leben, das er sich so leicht mit ihnen vorstellen konnte, passten perfekt in diese Leere. Sie boten eine Chance auf eine glückliche Existenz, ein erfülltes Dasein. Eine neue Existenz, die er genießen konnte, sobald er die nächste höllische Stunde überstanden hatte. Eine Stunde der Folter, die er sicherlich nie verkraften würde.

Glücklicherweise machte sich niemand im Bühnenbereich über ihn lustig in seinem lächerlichen Rudolph-Kostüm. Das war wirklich Glück, denn die Parade sollte gleich beginnen und er hatte keine Zeit, das Blut aus seinem Geweih zu waschen, wenn ein Idiot es wagte, ihn zu verspotten.

Die Tatsache, dass die Parade begann, bedeutete jedoch nicht, dass er sich in Bewegung setzte, denn er führte natürlich den Weihnachtsmann-Schlitten an, was bedeutete, dass er ungeduldig in seinem Gurtzeug dastehen musste, hinter sich eine Herde kuhähnlicher Rentiere und Earl, das Walross, der seine Ho-ho-ho-ho-hos übte.

Die Wagen setzten sich einer nach dem

anderen in Bewegung, erhellt von Lichtern, die unheimlich grell waren. Die Bewohner der Stadt, die ihre weihnachtliche Festtagskleidung trugen, zogen mit ihnen aus, während Weihnachtsmusik aus den Lautsprechern ertönte. Das Wohlwollen und die Begeisterung hätten ihn normalerweise dazu gebracht, die Augen zu verdrehen. Stattdessen fand er es jetzt ansteckend. Als Nächstes merkte er nur noch, dass sein Huf die Melodie zu *Santa Claus is Coming to Town* mitklapperte.

Verflucht. Erschieß mich jetzt. Nein. Nicht doch. Er konnte bei seiner Mission für Gigi nicht scheitern. Sie erwartete, Rudolph zu sehen, und das würde sie, verdammt noch mal, auch wenn es ihn umbringen würde.

Auf Wiedersehen, grausame Welt.

Zeit, Mission Nr. 746 zu erfüllen: Sei der beste verfickte Rudolph aller Zeiten für ein kleines Mädchen.

Er hielt den Kopf hoch. Sein Geweih voller Glitter, seine Nase ein leuchtendes, rotes Blinken. Zum Refrain von *Rudolph* stolzierte er voran und führte den Schlitten des Weihnachtsmannes an.

Nur um an der Tür zu zögern, als ihn schlagartig die Panik überwältigte. Alle werden mich sehen.

Sie werden lachen.

Sie werden mit dem Finger auf mich zeigen.

Sie werden mich verspotten.

Sie werden ... mich lieben?

Da er direkt vor der Tür haltgemacht hatte, konnte er einige erwartungsvolle Gesichter sehen, sowohl junge als auch alte und auch dazwischen. Und, ja, sie trugen ein Lächeln, aber kein boshaftes Lächeln. Er sah glückliches Lächeln, das von einer Freude geprägt war, die fröhlich und nicht verächtlich war.

Ich habe den Gefechtsgraben überlebt, als ich in der Armee war. Ich kann das hier auch überleben.

Und damit trat er nach draußen.

Glöckchenklirren.

Ein Tritt.

Glöckchenklirren.

Er begann einen stetigen Marsch, der dazu führte, dass die vernickelten Glocken an seinem Gurtzeug – kein Silber hier – klingelten.

Nach ein paar Schritten achtete er nicht mehr auf seine Bewegungen, als er das erfreute Kreischen und die Ausrufe der anwesenden Kinder hörte.

»Rudolph führt den Schlitten an!«

»Seht nur, wie groß er ist im Vergleich zu den anderen Rentieren.«

»Er ist wunderschön.«

»Seht nur, wie riesig sein Geweih ist.«

»Sieht er nicht toll aus?«, hörte er eine vertraute Stimme. Der Blick aus Crystals grünen Augen war voller Dankbarkeit und Zuneigung.

Was Gigi betraf, so sagte sie kein Wort, sondern starrte ihn mit ihrem strahlenden Blick an, sie hielt ihre kleinen Hände umschlossen vor Wonne und auf ihren Lippen lag das größte und glücklichste Lächeln.

Seine Brust schwoll an vor Stolz. *Oh ja, Mission erfüllt.*

Aber sie war nicht das einzige Kind, das seine Aufmerksamkeit wollte. Zur Hölle, wenn er es schon tat, dann konnte er es genauso gut richtig machen. Er richtete den Blick auf die andere Straßenseite und gab den Leuten den besten gottverdammten Rudolph, den sie je gesehen hatten.

Er stolzierte an Crystal und Gigi vorbei und folgte der markierten Paradestrecke.

Es lag etwas irre Süchtigmachendes – und ja, Erfüllendes – darin, ein Teil der Parade zu sein. Anderen Freude zu bereiten. Nicht dass er das jemals zugeben würde.

Falls seine Freunde jemals fragten, wie er es fand, den Rudolph zu spielen, würde er sich an den Eiern kratzen und sagen, dass es in Ordnung war, und die Tatsache betonen, dass er es für die Kinder getan hatte, nicht weil es sich herausgestellt hatte, dass er einen Kick davon bekam, die Rolle eines rotnasigen Freaks zu spielen.

Er mochte es zwar, das bedeutete aber noch längst nicht, dass er nicht bestrebt war, es so schnell wie möglich hinter sich zu bringen. Erst als sie die gesamte Hauptstraße zurück zum Hangar getrabt und außer Sichtweite der kleinen Kinder waren, stieg Earl vom Wagen, damit sie nicht merkten, dass der Weihnachtsmann nicht der war, der er zu sein schien.

Kyle verzichtete darauf, den anderen in den Bühnenbereich zu folgen. Kyle wollte aus diesem verrückten Aufzug raus und weg von seiner Rentier-Crew – die anscheinend dachte, sie könnten einfach kacken, wann immer sie wollten. Er dankte der Tatsache, dass er den Häufchen, die sie hinterlassen hatten, immer voraus war.

Wenigstens gehorchten sie. Er führte das mächtig beeindruckte Rentier hinter ihm in den Stall. Sie mochten ja vielleicht einfach gesinnt sein, aber sie erkannten wahre Größe, wenn sie sie sahen. Sie respektierten sein Geweih.

Crystal, ohne ihr kleines Mädchen, war da, um ihn zu begrüßen, und trug ein breites Lächeln auf dem Gesicht.

»Du warst großartig!«

Natürlich war er das. Er warf seinen majestätischen Kopf in den Nacken und, ja, nahm eine Pose ein. Wenn doch nur Boris, der sein Geweih für ach so toll hielt, ihn jetzt sehen könnte! Kyles war vielleicht noch nicht so groß wie das des widerwärtigen Elchs, aber dafür war es schärfer und tödlicher.

Außerdem sah er auch besser aus.

Zumindest hoffte er, dass Crystal das so sah, als sie das Fell hinter seinen Ohren streichelte.

»Vielen Dank«, sagte sie, als sie ihm den Gurt löste.

Da er nicht antworten konnte, schnaubte er nur.

»Im Ernst. Gigi konnte gar nicht aufhören auszurufen, wie gut du aussiehst. Der Weihnachtsmann ist ihr kaum aufgefallen.« Crystal lachte. »So wie es aussieht, hat der Ritter Kyle Konkurrenz bekommen.«

Sein Karibu schien das unheimlich witzig zu

finden. Kyle hingegen weniger. *Warte nur, bis sie sieht, was ich ihr zu Weihnachten schenke. Dann wird sie keinen Gedanken mehr an Rudolph verschwenden, mein Freund.*

Eifersüchtig auf sich selbst? Es war zwar ein wenig merkwürdig, aber er konnte damit leben.

Und da er gerade dabei war, wo steckte eigentlich seine süße Kleine? Er schnaubte fragend und schwang suchend den Kopf von einer Seite zur anderen.

Crystal verstand, was er fragen wollte. »Ich habe sie mit den anderen Kindern im Gemeindezentrum gelassen, damit sie nicht bemerkt, dass das Rentier mit der roten Nase nicht derjenige ist, für den es sich ausgibt.«

Guter Plan. Aber es machte ihn noch ungeduldiger, die Gurte abzulegen, damit er sie finden konnte. Er wollte aus erster Hand hören – und ja, in ihrem Glück baden –, dass Rudolph die Parade tatsächlich gerettet hatte.

Während Crystal weiter daran arbeitete, die Gurte zu lösen, mit denen er vor den Schlitten gespannt war, trat er von einem Huf auf den anderen. Er konnte es kaum erwarten, die scheuernden Lederriemen loszuwerden, damit er sich zurückverwandeln konnte. Er konnte es auch kaum erwarten, Crystal einen Kuss zu geben. Und ein paar Filme anzuschauen. Und das beste Weihnachtsfest aller Zeiten zu haben.

Er stand still, während Crystal eine Weihnachtsmelodie summte und ihn mit flinken Händen so schnell wie möglich abschnallte.

Sie waren allein hier draußen, der Rest der Stadt war in das Gemeindezentrum für die an diesem Abend geplante Weihnachtsfeier geströmt.

Doch selbst mit dem lärmenden Krach vieler Gestaltwandler, die sich nicht weit weg versammelten, und dem Brüllen von kitschiger Weihnachtsmusik zog ein winziges Geräusch seine Aufmerksamkeit auf sich. Ein winziger Schrei, von dem er vielleicht gedacht hätte, dass er ihn sich eingebildet hatte, wenn er nicht gesehen hätte, wie Crystals Gesicht ganz bleich wurde.

Sie musste nicht erst »Gigi« flüstern, damit er wusste, dass seine süße Kleine ihn brauchte.

Aber wo steckte sie?

Er neigte den Kopf und schnüffelte in der Luft, ohne auch nur ein verfluchtes Ding zu riechen, aber wieder einmal hörte er, oder besser gesagt, fühlte er, dass Gigi in Schwierigkeiten steckte. Er konzentrierte sich auf sein Ziel, ähnlich wie ein Hund, und raste los, wobei die Glocken an dem verdammten Geschirr klingelten, seine Nase blinkte und ein leichtes Ziel für jeden darstellte, der ihn anvisierte. Sollten sie doch.

Lasst jeden, der dachte, er könnte seine Süße erschrecken, ihn kommen sehen und Angst bekommen. Ja, Angst, denn er wollte den Mistkerl aufspießen und ihn dann wegen seiner Frechheit zertrampeln.

Für diejenigen, die sich fragen, wie es möglich war, dass ein Fremder nach Kodiak Point vorgedrungen war, um ein kleines Mädchen zu fangen, das war ganz einfach. Es gab ein paar Gelegenheiten im Jahr, zu denen sich Fremde unter sie mischten und meist unbemerkt unter ihnen umherspazierten. Während der Sommermonate, wenn es Tageslicht gab und die neugierigen Touristen in den Ort strömten. Bei Hochzeiten, wenn sich wilde Cousins und Stadtbewohner für ein Fest versammelten. Und dann natürlich zu Weihnachten, wenn Familien und Clans und alle möglichen Gestaltwandler aus der ganzen Welt zu Besuch kamen, um die Feiertage gemeinsam zu verbringen.

War es also schwierig für einen gewissen dummen Wolf – der wahrscheinlich durch das Schnüffeln von zu viel Kleber mit Sicherheit einen

Gehirnschaden erlitten hatte –, während des festlichen Chaos hineinzuschlüpfen und zu denken, er könnte mit einem geliebten kleinen Mädchen entkommen?

Meinem kleinen Mädchen.

Ein kleines Mädchen, das er retten würde. Kyle musste in diesem Fall keine Mission anmelden. Er hatte bereits ein Versprechen gegeben und er würde es halten.

Er war nicht allein auf seiner Jagd. Eine geschmeidige Berglöwin, ihr Fell wie glänzendes Gold, sprang vor ihm her, noch immer von Kleiderfetzen bedeckt und ... war das etwa ein roter Spitzenstring? Verdammt. Er hätte ihn Crystal später gern selbst vom Leib gerissen. Aber nein, ein gewisser Ex-Freund musste einfach mir nichts, dir nichts auftauchen und Kyles wunderbaren Abend ruinieren. *Jemand hat da wohl einen Todeswunsch.*

Einen Wunsch, den er erfüllen konnte. Während Kyle mit vier Hufen durch eine Stadt donnerte, die er nur allzu gut kannte, würde Malcolm nicht weit kommen.

Aber er versuchte es.

Malcolm schaffte es bis zu seinem Pritschenwagen, der unweit der Schlucht geparkt war, bevor er herumwirbelte, Gigi fest in seinem Griff, ihre Augen weit aufgerissen vor Schreck.

Vollkommen inakzeptabel.

Kyle stieß ein Brüllen aus. Crystal knurrte.

Malcolm, die Augen wild und blutunterlaufen, seine langen, dunklen Haare in alle Richtungen abstehend, schien das nicht zu kümmern. »Bleib stehen, wo du bist, oder das Mädchen muss dafür zahlen«, drohte er.

Welche Art von Arschloch bedrohte ein Kind?

Ein totes Arschloch.

Angesichts der Gefahr für Gigi hielt Kyle inne, aber er scharrte auf dem Boden, sein Atem kam dampfend aus seinen Nüstern, seine Muskeln spannten sich und waren bereit, in Aktion zu treten.

Er war nicht allein. Crystal schlich sich langsam in Richtung Malcolm und ein warnendes Knurren grollte aus ihrer Kehle, das ausgezeichnet zu ihren drohend hochgezogenen Lefzen passte. Eine grausame Berglöwin, die vor nichts zurückschreckte, um ihr Junges zu beschützen.

»Keinen Schritt weiter«, drohte Malcolm. »Ich meine es ernst. Und sag deinem merkwürdigen Freak von einem Hirsch, er soll abhauen, sonst tue ich ihr weh.«

Hirsch? Hallo, da hatte wohl jemand in Biologie nicht aufgepasst, denn Kyle war ein Karibu, und zwar ein großes. Das reimte sich fast mit *Und dieser Typ ist jetzt des Todes.*

Ich bin ja ein richtiger Poet.

Plötzlich hatte Malcolm eine Pistole in der Hand und Kyle gerann das Blut in den Adern, als die Situation eskalierte. Vergessen waren die Witze oder vorschnellen Reaktionen. Jetzt musste er sich konzentrieren und dann handeln.

Als Crystal die Waffe sah, erstarrte sie. Sie verwandelte sich zurück in ihre menschliche Gestalt und es gelang ihr nicht, ein ängstliches Schluchzen zu unterdrücken. »Das nicht«, rief sie und ihre nackte Haut war von der Kälte voller Gänsehaut. »Ich werde tun, was immer du willst. Aber tu ihr nicht weh.«

Kyle hasste die Tatsache, dass sie dieses Arschloch anflehte.

»Sag ihm, er soll verschwinden.« Malcolm zeigte mit der Waffe auf Kyle. »Die Sache geht ihn nichts an.«

Crystal warf ihm einen aufgebrachten Blick zu, der ihn gleichzeitig dazu aufforderte zu gehen und um Hilfe bat.

Da es nichts bringen würde, wenn er ging, blieb Kyle, eine Tatsache, die auch Malcolm auffiel.

»Na toll. Ein verdammter Idiot. Die scheinen ja dieses Jahr überall zu sein.« Er lachte verächtlich. »Ich wollte schon lange ein Geweih an meine Wand hängen.«

Unter den richtigen Umständen, wie zum Beispiel jetzt, konnten Karibus sehr wohl knurren, und taten es auch. Kyle senkte den Kopf, scharrte auf dem Boden und forderte ihn auf, doch zu versuchen, sich sein Geweih zu holen.

Und in dem Moment schien dem Typen ein Licht aufzugehen, wenn auch kein besonders helles. »Moment mal. Diesen Geruch kenne ich doch. Ist das nicht der Teddybär-Fan, der sich für einen verdammten Helden hält? Du möchtest dir wohl unbedingt eine Kugel einfangen, was?«

Eigentlich nicht. Kugeln brannten ganz schön, und das wusste er. Kyle hatte sogar die Narben, die das bewiesen. Aber er konnte damit umgehen, angeschossen zu werden, wenn es bedeutete, dass er dadurch nahe genug an den Idioten herankam, um sich um ihn zu kümmern. *Um ihn zumindest in Reichweite meines Geweihs zu bringen.*

Arme, süße, verblendete Crystal. Sie dachte

immer noch, sie könnte mit dem verrückten Idioten verhandeln.

»Du glaubst doch nicht wirklich, dass du damit davonkommst, Malcolm. Lass sofort Gigi los.«

Er hielt sie nur noch stärker fest, woraufhin Gigi vor Schmerz wimmerte.

Es überraschte ihn, dass ihm seine brodelnde Wut nicht als Dampf aus den Ohren stieg.

Lass nur ein Mal kurz deine Deckung sinken, du Arschloch.

Malcolm hörte seinen stummen Wunsch jedoch nicht und benutzte Gigi als Schild. »Warum sollte ich sie loslassen? Schließlich bringe ich dich durch sie dazu, das zu tun, was ich will. Ich kenne dich. Ich weiß, wie sehr du diese Göre liebst. Wenn ich dir also sage, dass du deinen Hintern in den Wagen bewegen sollst, sonst passiert was, weiß ich, dass du auf mich hören wirst, wenn du nicht willst, dass ich ihr wehtue.«

Es schmerzte ihn, nicht handeln zu können. Wenn er doch nur dafür sorgen könnte, dass Gigi von dem verrückten Idioten wegkam, dann könnte er sich um ihn kümmern. *Ich muss irgendetwas tun. Ich muss sie retten.* Die Tatsache, sich so hilflos zu fühlen, versetzte ihn an einen dunklen Ort, an dem er lange nicht mehr gewesen war.

Er wird nicht gewinnen. Das werde ich nicht zulassen. Halte durch, meine Süße. Mir fällt schon was ein.

Crystal versuchte immer noch, ihm Vernunft einzureden, doch die Furcht ging in spürbaren Wellen von ihr aus. »Malcolm, du kannst doch nicht wirklich glauben, dass du einfach mit Gigi und mir als Geiseln hier heraus spazieren kannst. Der Clan wird es nicht zulassen.«

»Das wird er aber müssen, wenn er will, dass sie am Leben bleibt. Und jetzt hör auf zu palavern und komm rüber. Sofort!«

»Nein.«

Es war weder Crystal, die das sagte, noch Kyle – der noch immer seine majestätische, aber derzeit nutzlose Gestalt trug. Das kleine Nein kam von einem kleinen Mädchen. Einem kleinen Mädchen, das sich trotz seiner Angst dem Tyrannen widersetzte. »Nein.« Sie sagte es lauter und versenkte dann ihre Zähne in Malcolms Arm.

Es ging doch nichts über die scharfen Zähne eines kleinen Kindes, wenn es darum ging, einen Kerl dazu zu bringen, wie ein Mädchen zu schreien. Malcolm ließ einen hohen Schrei hören und stieß das kleine Mädchen von sich weg.

Das war genau das, worauf Kyle gewartet hatte.

Er griff an, während Crystal, die noch immer

nackt war – mal abgesehen von diesem verdammten Stringtanga –, zu Gigi eilte.

Peng.

Oh nein.

Er hätte es sehen sollen. Warum war der Idiot nicht auf ihn fixiert? *Ich muss wirklich an Mission Nr. 732 arbeiten.* Wenn ihm nämlich sein Ruf vorausgeeilt wäre, dann hätte Malcolm vielleicht mit der Waffe auf Kyle gezielt. Aber nein, der kranke Stalker zielte auf Crystal, die, in der Absicht, Gigi zu erreichen, nicht einmal ausweichen konnte. Die Kugel traf sie hoch in den Oberschenkel und sie schrie vor Schmerzen auf, als sie zu Boden sank.

Dann verlor Kyle sie aus dem Blickfeld, als seine scharfen Geweihenden Malcolm trafen, in weiches Fleisch eindrangen und einige wichtige Arterien trafen. Malcolm konnte nicht einmal ein letztes Piepsen von sich geben. Sobald Kyle ihn aufgespießt hatte, hob er den sterbenden Wolf in die Luft.

Die Leute fragten sich oft, wie stark ein Karibu-Geweih wirklich war. Wie tödlich. Nun, da Kyle in der Lage war, Malcolm auf seinen spitzen Geweihenden hochzuheben und mit ihm zu einer bestimmten Schlucht zu traben, die durch die

Stadt führte, und das alles ohne jegliche Spur von Anstrengung, konnte jeder zu dem Schluss kommen, dass sein Geweih dazu in der Lage war, ein Chaos anzurichten. Es war auch super dazu geeignet, den Kadaver eines lästigen Wolfes, der sein letztes Opfer verfolgt hatte, hinab in das tödliche Wasser des eisigen Flusses zu werfen.

Würde er seine Taten später bereuen? Sie bedauern?

Nee. Willkommen in der Welt der Gestaltwandler. Es gab Regeln, um sie in Schach und ihre Existenz geheim zu halten. Wenn diese gebrochen wurden, gab es keinen langwierigen Prozess, keine Geschworenen. Nur schnelle und endgültige Gerechtigkeit.

Für einen Mann, der es für gerechtfertigt hielt, ein kleines Mädchen und seine Mutter zu bedrohen? Da gab es keine zweite Chance. Nicht in Kyles Welt.

Auf Wiedersehen, Malcolm.

Ein Schrei erregte seine Aufmerksamkeit.

»Gigi, komm zurück.«

Er trottete zurück zu der Stelle, an der er seine Mädchen zurückgelassen hatte, aber obwohl er nur ein paar Minuten lang weg gewesen war, saß jetzt nur noch Crystal zusammengesackt auf dem

Boden, die Hände auf ihre blutige Wunde gedrückt.

»Kyle«, sagte sie durch zusammengebissene Zähne hindurch. »Gigi! Sie ist weggerannt und ich kann ihr wegen meines verdammten Beines nicht folgen.«

So eine zähe kleine Berglöwin, die sich darüber beschwerte, angeschossen worden zu sein, anstatt aufgrund der Tatsache, dass sie nur mit einem Stringtanga bekleidet – und zwar einem ausgesprochen aufreizenden Stringtanga – im verdammten Schnee saß. Jetzt würde sie allerdings nicht mehr lange leiden müssen. Kyle konnte die Rufe des Clans hören, deren Mitglieder auf sie zuliefen, da wohl die Schüsse ihre Aufmerksamkeit erregt hatten.

Da er wusste, dass Crystal in Kürze alle Hilfe zukommen würde – und auch alle Kleidung –, die sie benötigte, machte Kyle sich auf, um das verschwundene kleine Mädchen zu suchen.

Glücklicherweise hatte Gigi ihre menschliche Gestalt behalten, hätte sie sich nämlich in eine leichtfüßige kleine Berglöwin verwandelt, hätte er ihr vielleicht nicht so leicht folgen können, besonders wenn sie auf einen der Bäume am Rand der Schlucht geklettert war. Allerdings waren die

Spuren ihrer kleinen Schneestiefel leicht zu verfolgen und er musste auch keine Angst haben, sie zu erschrecken, da die Glöckchen an seinem Geschirr noch immer klingelten.

Oh, und die rot blinkende Nase, die er während des ganzen schrecklichen Chaos nicht verloren hatte, wollte er gar nicht erst erwähnen.

Er hatte gerade damit begonnen, sich zu fragen, ob er sie jemals einholen würde – ob es ihm gefiel oder nicht, das Mädchen war schnell! –, als er eine Bewegung bemerkte. Es galt zu bedenken, dass aufgrund der Dunkelheit und der hohen Tannen nur wenig Licht vorhanden war und seine Sehfähigkeit war weitaus weniger beeindruckend als sein Geweih. Also hielt Kyle sich mit leicht geneigtem Geweih und einem erhobenen Huf dazu bereit, entweder zu fliehen oder anzugreifen, je nachdem, was da aus dem Schatten kam.

Um diese Jahreszeit streiften alle möglichen schrecklichen Bestien durch den Wald, normalerweise allerdings nicht so nahe an der Stadt, aber man konnte nie wissen. Der schreckliche Schneemensch fand großes Gefallen daran, die Gerüchte über seine Existenz weiter zu schüren. Das war mal eine Kreatur, die *keinerlei* Hilfe dabei brauchte, ihren Ruf aufrechtzuerhalten.

Da Kyle also über die Dunkelheit und die Gefahren, die sich darin versteckten, Bescheid wusste, hielt er sich bereit. Was allerdings diesmal aus der Sicherheit der Äste auf ihn zugeflogen kam, war ein süßer Schatz, der sich auf ihn warf und ihm die Arme um den Hals schlang, so gut es ging.

»Du hast mich gefunden.«

Ja, natürlich habe ich das.

»Du hast mich gerettet.«

Na klar.

»Mir gefällt deine rote Nase.«

Ach, verdammt, sie hält mich für Rudolph.

»Ich liebe dich, Kyle.«

Nein. Oh nein. Karibus weinen nicht. Sie müssen sich vielleicht nicht vorhandene Schneeflocken aus den Augen blinzeln. Sie müssen vielleicht schniefen, weil sie erkältet sind, aber sie weinen nicht. Ach, ach verdammt. Seufz. Kyle schmolz dahin wie ein Marshmallow über einem offenen Lagerfeuer.

Okay, also gingen ihm ihre Worte eben etwas zu Herzen. Mit den Nüstern berührte er ihren Arm und leckte sie dann über die Wange.

Sie kicherte. »Igitt, mir sind echte Küsse lieber.«

Er machte ein Geräusch und bewegte den Kopf

hin und her, aber es war ihm ein wenig peinlich, sich zurückzuverwandeln. Es machte ihm nichts aus, nackt vor Crystal oder anderen erwachsenen Frauen zu erscheinen, nicht aber vor einem kleinen Mädchen.

Glücklicherweise war Gigi genauso schlau, wie sie süß war. Sie verstand die Situation, stellte seine Zuneigung dann aber wirklich auf die Probe, als sie unter Zuhilfenahme der Gurte mit den Glöckchen über seine breite Flanke kletterte.

Als sie auf seinem Rücken saß, konnte er sich nicht mehr bewegen, was auf den Schock zurückzuführen war.

Hilfe! Jemand reitet auf dem majestätischen Tier! Aber es war nicht einfach irgendjemand, es war Gigi.

Für sie würde er diese Schmach zulassen – aber jeden aufspießen, der es wagte, einen Kommentar dazu abzugeben.

Anscheinend wollte heute Abend niemand weiter sterben und Crystal rief glücklich: »Mein Schatz!«, als sie ihre Tochter sah.

Danach gerieten die Dinge etwas außer Kontrolle, als die gesamte Stadt sie in ihrer Mitte zurück zum Gemeindezentrum brachte und ihnen Kleidung gab – darunter auch einen verdammt hässlichen Weihnachtspulli – und der Arzt sich um Crystals Bein kümmerte und ihr auftrug, es langsam angehen zu lassen.

Mission Nr. 748: Kein Treppensteigen für Crystal.

Als bräuchte er einen Grund dafür, sie zu tragen. Verdammt, er trug beide seiner Mädchen die steile Treppe zur Wohnung hoch, als es ihnen endlich gelungen war, dem Trubel im Gemeindezentrum zu entkommen.

Nachdem sie nacheinander geduscht hatten, wobei sie sich die schrecklichen Ereignisse des Tages abgewaschen und sich dann angezogen hatten – er in einem verfrühten Weihnachtsgeschenk von Crystal, das aus einem Schlafanzug aus Flanell mit Rudolph-Muster und einem T-Shirt bestand, auf dem ein fetter Weihnachtsmann zu sehen war und auf dem stand: »Piecks mich und du wirst sterben!« –, aßen sie gemeinsam eine Tiefkühlpizza zu Abend – natürlich mit Käse – und dazu einen großen Salat. Sie sahen sich einen Weihnachtsfilm an und dann durfte Kyle dabei helfen, Gigi ins Bett zu bringen.

Crystal wurde umarmt und sie gab ihr einen nassen Kuss. »Gute Nacht, Mama.«

»Gute Nacht, meine Kleine.« Crystal umarmte

ihre Tochter und küsste sie ein paarmal, bevor sie sie wieder losließ und Platz für Kyle machte.

Er setzte sich zaghaft an den Rand des Bettes und gehorchte brav, als sie ihre kleinen Arme nach ihm ausstreckte.

»Gute Nacht, Kyle.«

Auch er bekam einen feuchten Schmatzer auf die Wange. Diese verdammte Erkältung. Er schniefte. »Gute Nacht, Süße«, murmelte er mit rauer Stimme, weil ihm der Hals eng wurde, wahrscheinlich würde er bald wehtun.

Er wollte sie wieder ins Bett legen, aber sie war noch nicht fertig.

»Glaubst du, der Weihnachtsmann wird mich finden?«, flüsterte sie, ihre Augen schon fast geschlossen.

»Ich werde dafür sorgen, dass er das tut, und selbst, wenn es bedeutet, dass ich die rote, blinkende Nase an den Schornstein hängen muss«, versprach Kyle ihr.

Mission Nr. 749: Eine Leiter finden.

Er ging, bevor er noch weitere haltlose Versprechen machte.

Crystal lachte, als er die Tür schloss. »Du weißt schon, dass sie glaubt, dich um ihren kleinen Babyfinger gewickelt zu haben.«

»Was meinst du mit ›sie glaubt‹? Das trifft ja auch hundertprozentig zu«, entgegnete er mit großem Lächeln.

Während Crystal weiter leise vor sich hin lachte, trug Kyle seine Berglöwin zur Couch, sich seiner Pflicht bewusst, sie davon abzuhalten, ihr Bein zu sehr zu belasten, bevor es wieder verheilt war, was aufgrund ihrer Gestaltwandlergene nicht sonderlich lange dauern würde. Am Morgen wäre es nichts weiter als eine frische Narbe.

Da er derjenige war, der mobil war, war es an ihm, die Tüten mit den Geschenken, das Geschenkpapier, Tesafilm und Schere zu holen. Wie es aussah, hatte Crystal nicht gescherzt, als sie gesagt hatte, sie würden Geschenke verpacken.

Beim fünfzigsten verunglückten Versuch, den Tesafilm abzureißen, gab er auf. »Und deswegen bezahle ich jemanden, Geschenke für mich einzupacken.«

»Ich sag dir was. Ich verpacke die Geschenke und du sitzt einfach da und siehst gut aus.«

Er sah sie zweifelnd an. »Warum fühle ich mich jetzt, als hättest du mir ein Kompliment gemacht und mich gleichzeitig beleidigt?«

Ein enigmatisches Lächeln umspielte ihre Lippen. »Da siehst du mal, wie gut ich bin.«

Das war sie tatsächlich. Im sanften Licht der einzigen Lampe und der funkelnden Lichter des hässlichen Baumes, der jetzt, da Kyle daran gewöhnt war, nicht mehr ganz so hässlich war, konnte er sich endlich fallen lassen, erleichtert sein, dass der Tag, obwohl turbulent, schließlich doch noch gut ausgegangen war.

Als Crystal das letzte Geschenk unter den Baum legte, bemerkte Kyle eine Dekoration auf ihrem ramponierten Couchtisch. Das Ding sah uralt aus und aus irgendeinem Grund nahm Kyle es, um es sich genauer anzusehen. Er strich mit den Fingern über den zerlumpten Weihnachtsmann, dessen Anzug aus Samt schon stellenweise völlig abgegriffen war, dessen rosig bemalte Wangen und das schelmische Funkeln in seinem Blick den Test der Zeit jedoch ganz gut überstanden hatten. Im Gegensatz zu der kleinen Glocke, die der Weihnachtsmann in der Hand hatte. Sie war aus einem glänzenden, goldfarbenen Metall hergestellt, klingelte aber nicht mehr.

Kyle drehte ihn in seinen Händen um, fand einen Schalter auf der Unterseite und schaltete ihn ein. Nichts. Er schüttelte ihn. Stieß ihn an. Aber nichts, was er tat, veranlasste den molligen roten Mann dazu, seine Glocke zu läuten.

»Du brauchst dir keine Mühe zu geben«, versicherte ihm Crystal, während sie sich vom Baum entfernte und dann an ihn kuschelte – wo sie auch hingehörte. »Der funktioniert schon seit Jahren nicht mehr.«

»Warum behältst du ihn dann?«

»Er gehörte ursprünglich meiner Urgroßmutter und das macht ihn zu einem Familienerbstück. Bei meinem Schulabschluss, in der Zeit, als mein ganzes Leben aus der Bahn geriet, schenkte sie ihn mir, damit er mir Glück bringt.«

»Wie eine Hasenpfote?«

»Könnte man so sagen, außer dass wir ihn nicht dazu benutzen, uns etwas zu wünschen. Er soll, oder sollte, so funktionieren, dass wir ihn am Weihnachtsabend vor dem Zubettgehen in seinen dicken Bauch piksen. Das haben meine Großmutter und ich immer getan. Daraufhin lachte er: »Ho! Ho! Ho!«, und läutete seine kleine Glocke. Und wenn das geschah, bedeutete das laut meiner Großmutter, dass vor uns ein Jahr voller Glück lag.«

»Und seit wann funktioniert er nicht mehr?«, fragte Kyle, obwohl er es eigentlich erraten konnte.

»Er hat nichts mehr gesagt oder sein Glöckchen geläutet seit dem Jahr, in dem meine Großmutter gestorben ist und ich schwanger geworden bin.« Sie lachte bitter auf. »Es ist fast so, als wäre er meine Version eines zerbrochenen Spiegels. Aber reden wir nicht von den traurigen Dingen der Vergangenheit. Schließlich ist heute Heiligabend. Eine Zeit der Freude und all dieser Dinge. Eine Zeit des Neuanfangs«, murmelte sie gegen seinen Hals, bevor sie ihn küsste.

Und an seinem Hals saugte.

Was darin endete, dass er auf dem Rücken lag und sie auf ihm und sie sich streichelten wie zwei Frischverliebte.

Eigentlich hätte er vor dem L-Wort zurückschrecken müssen. Als er das letzte Mal verliebt war, war er auf die schlimmste Art betrogen worden. Aber Crystal war anders. Sie war nicht wankelmütig. Sie würde ihm treu bleiben. Besonders wenn er erst einmal ihr Vertrauen und ihre Liebe gewonnen hatte.

Sie gehört mir.

Das musste ihm wohl laut herausgerutscht sein, denn sie erwiderte ebenfalls flüsternd: »Ja, dir.«

Man konnte sagen, was man wollte, aber es war unglaublich sexy, wenn die Frau, die man im Visier hatte, laut zugab, dass sie dir gehörte. Es brachte einen Mann dazu, sie wirklich in Besitz zu nehmen. Nicht nur körperlich, sondern auch ihre Seele.

Wenn es so etwas wie eine Partnerbindung gäbe, würde Kyle sie finden, genau hier und jetzt, mit dieser Frau.

Das Einzige, was ihn zurückhielt, war ihre Verletzung. Er müsste sie vorsichtig nehmen, auch wenn sie entschlossen schien, ihre Verletzung zu ignorieren.

Sie knurrte, als er sie sinnlich küsste und seine Hände über ihre Haut gleiten ließ, die unter ihrem Pyjama-Oberteil verborgen lag.

»Würdest du langsam mal damit aufhören, dich zu drücken, und mit mir schlafen, verdammt noch mal.«

»Zu Befehl, Ma'am.« Was sollte er auch sonst sagen? Er war ein Mann, dem direkte Befehle gefielen, besonders wenn sie perfekt zu seinen eigenen Wünschen passten.

Es dauerte nicht lange, bis sie beide nackt waren und Haut an Haut dalagen. Abgesehen von einem kleinen Stück Stoff.

»Den ganzen Tag schon neckst du mich mit dem Gedanken an einen Stringtanga und jetzt trägst du das?«, grummelte er, als er ihr Höschen sah. Weiße Baumwolle und vorne drauf ein ganz bestimmtes, glückliches Rentier.

»Aber es leuchtet im Dunkeln.«

Wirklich?

Das musste er sehen. Er schaltete die Lampe aus, musste sich aber nicht die Mühe machen herauszufinden, wie man den Weihnachtsbaum ausschaltete, denn auch so konnte er den leuchtenden, roten Kreis sehen.

»Crystal, mit deinem leuchtenden roten Höschen, willst du dann nicht meinen Schlitten lenken –«

»Wage es ja nicht, noch weiterzureden«, unterbrach sie ihn mit einem Lachen.

»Na gut, aber ich denke trotzdem an das Lied.« Er setzte sich neben sie auf die Couch und nahm sie in den Arm. Dort passte sie perfekt hin. Weiche Haut, sanfte Kurven und ein Duft nach Beeren, bei dem ihm das Wasser im Mund zusammenlief.

Ihre Lippen fanden einander und trafen sich mit einer Leidenschaft, bei der es kein Halten mehr gab.

Und natürlich richtete sich auch sein Schwanz auf.

Er stöhnte, als sie eine Hand zwischen ihre Körper gleiten ließ, nach ihm griff und mit dem

Daumen die Liebesperle von seiner Eichel strich. Mit langsamen Bewegungen streichelte sie ihn auf und ab, das sanfte Gleiten ihrer Hand auf seinem Schwanz brachte ihn zum Stöhnen, während er darum kämpfte durchzuhalten.

Wie sehr er sie wollte.

Seine Finger ließ er in ihr Haar schlüpfen, als er sie für einen rauen Kuss an sich zog. Hungrig verschlang er ihren Mund und saugte an ihrer Zunge. Ihr vor Feuchtigkeit und Hitze fast dampfendes Höschen bewies, wie sehr auch sie erregt war.

»Ich will dich, Kyle«, murmelte sie und ihr sanfter Atem sorgte dafür, dass er erbebte.

»Ich brauche dich«, gab er zu. *Ich glaube, ich liebe dich.*

Sie erstarrte.

Oh, oh. Das habe ich wohl laut gesagt.

KAPITEL 8

»Ich glaube, ich liebe dich.«

In Anbetracht der Tatsache, dass Kyle erstarrte – wie ein Reh im Scheinwerferlicht –, ging sie davon aus, dass sie ihn nicht falsch verstanden hatte. Sie konnte sich außerdem denken, dass er nicht vorgehabt hatte, es laut auszusprechen. Zumindest noch nicht.

Die Anspannung seines Körpers deutete darauf hin, dass er am liebsten geflohen wäre. Der arme Kerl, er hatte schon so viel für sie getan. Es brauchte einen starken Mann, einen anständigen Mann, um die eigene Eitelkeit zu besiegen, um einem kleinen Mädchen eine Freude zu machen. Es brauchte einen Mann mit Mut, um ihnen zu Hilfe zu kommen. Einen verliebten Mann, um sich assimilieren, ähm, sie meinte, domestizieren zu lassen, und das in so kurzer Zeit.

Ihr armer Ritter. Sie gönnte ihm eine Pause und kam ihm dann zur Hilfe. »Ich glaube, dass ich dich auch liebe.«

»Wirklich?«

»Überrascht dich das etwa?«

»Natürlich nicht. Ich dachte nur, dass du länger brauchen würdest, um festzustellen, wie toll ich bin.«

»Wie toll du bist?« Sie wäre fast erstickt – vor Lachen.

Nur er konnte mit seinem völlig reuelosen Grinsen davonkommen. »Gib es ruhig zu. Es war mein Geweih. Ziemlich eindrucksvoll, was? Und Boris hält sein Geweih für unwiderstehlich. Ha. Jeder weiß doch, dass Karibus besser sind.«

Crystal konnte einfach nicht anders. Sie kippte vor Belustigung um. Dann grinste sie.

Und lachte laut, als Kyle sie mit den Fingern kitzelte.

»Dir werde ich zeigen, was passiert, wenn du mich auslachst«, grummelte er.

Schon merkwürdig, wie gut ihr seine *Bestrafung* gefiel.

Trotz dieser lustigen Unterbrechung kehrte die

Leidenschaft ziemlich schnell und umso heftiger zurück. Aus dem Kitzeln wurden Liebkosungen. Liebkosungen führten dazu, dass er ihr das Höschen vom Leib riss. Ihre nackte Muschi sah sich seinem harten Schaft gegenüber.

Mmm. *Ich Glücklicher. Weihnachten kommt in diesem Jahr früher. Oder besser gesagt, Crystal kommt, und vielleicht sogar mehr als ein Mal.*

Kyle drang in sie ein, sein Schwanz dick, heiß und hart. Er dehnte sie, füllte sie aus, liebkoste sie und sie liebte es. Sie wand sich unter ihm, die Beine weit gespreizt, damit er tief in sie sinken konnte.

Während er immer wieder in sie hineinstieß, zerkratzte sie ihm den Rücken, seine Schultern, alles, was ihr unter die Finger kam, was ihn näher zu ihr bringen würde.

Und noch näher.

Sie küssten sich, während sich ihre Körper im Rhythmus bewegten, und ihre Muschi zog sich unter seinen Stößen lustvoll zusammen. Die Härte seiner Stöße, die auf ihren G-Punkt trafen, steigerte ihre sich ständig wachsende Erregung. Sie kam und schrie leise seinen Namen. Ihre Muskeln zogen sich zusammen und molken seinen pochenden Schwanz, bis er heiß in sie hinein spritzte. Damit markierte er sie genauso sicher als sein Eigentum, als hätte er ihr einen Ring auf den Finger gesteckt. Er beanspruchte sie mit seinem Samen und den Worten: »Du gehörst mir.«

Allerdings mochte Crystal es wohl eher ein wenig konventioneller, wenn es um Beziehungen ging. Und schließlich war sie ein Raubtier. Denen gefiel es, wenn die Dinge etwas dauerhafter waren und etwas rauer. Sie biss ihn in die Schulter, weit oben, nicht besonders fest, aber genug, sodass es blutete.

Man musste ihm zugutehalten, dass er nur zischte und sich nicht beschwerte. Er verstand, was sie da tat. Dass sie ihm damit ihr Vertrauen zum Ausdruck brachte. Sein zweites: »Du gehörst mir«, stieß er mit tieferer Stimme und rauer hervor.

Er nahm sie in den Arm und zog sie in eine sitzende Position auf der Couch, hielt sie fest, ihren Kopf unter seinem Kinn.

Sie war noch nie so zufrieden gewesen.

Deshalb machte sie einen Protestlaut, als er sie auf das Kissen neben ihm warf und sagte: »Mist, das hätte ich fast vergessen.«

Was hatte er fast vergessen?

Was immer es auch war, er musste deswegen schnell seine Hose anziehen und die Treppe hinunter hasten. Wenig später war er mit Geschenken beladen wieder da. Eine der Schachteln, die in Silberpapier verpackt war und eine große, rote Schleife trug, fiel Crystal besonders auf.

»Was ist denn da drin?«, fragte sie und zeigte darauf.

»Du wirst es wohl abwarten müssen, mein kleines, neugieriges Kätzchen.«

»Ist das Geschenk etwa für mich?« Der Gedanke warf sie aus der Bahn. Natürlich hatte sie ihm schnell den Pyjama gekauft, als sie vor der Parade noch einkaufen gewesen war – aber die Sachen waren eigentlich eher als Scherz gemeint gewesen. Diese Sache hingegen sah aus, als hätte er sie geplant.

»Ja, das Geschenk ist für dich, Baby. Gigi hat mir geholfen, es für dich auszusuchen.«

Als sie das hörte, wuchs die Liebe, die sie bereits für ihn empfand, noch weiter. »Ich sehe schon, wie der Hase läuft«, neckte sie ihn. »Du und das kleine Monster da drin steckt doch unter einer Decke.«

»Mach ruhig bei uns mit«, sagte er grinsend.

»Wir haben Zugang zu frisch gebackenen Plätzchen.«

»Ah, aber ich habe den Kuchen«, neckte sie ihn, lehnte sich zurück und lächelte ihn einladend an.

Wie sehr ihr doch ein Mann mit Durchhaltevermögen gefiel. Und ganz besonders dieser Mann. Ein Mann, der ihr das schönste Weihnachten beschert hatte, an das sie sich erinnern konnte. Das Geschenk des Karibus? Liebe und Vertrauen.

Und schließlich auch noch mein ganz eigenes Happy End.

EPILOG

Das Gefühl, am Weihnachtsmorgen neben der Frau aufzuwachen, die man liebt? Fantastisch.

Ein quietschendes kleines Mädchen in den Raum fliegen zu sehen, das auf das Bett springt und auf seinen Eiern landet? Es trieb ihm fast die Tränen in die Augen – und beinahe hätte er ein ziemlich unmännliches Wimmern ausgestoßen.

Aber er war nicht verärgert. Wie konnte er das sein, wenn Gigi vor so offensichtlichem Glück strahlte, ganz und gar nicht beunruhigt von der Tatsache, dass er im Bett ihrer Mutter geschlafen hatte – einem Bett, das er jede Nacht mit ihr teilen wollte. Was ihn daran erinnerte ...

Mission Nr. 750: Hol dir einen Hodenschutz, um ihn im Bett zu tragen.

Mission Nr. 751: Vergiss nicht, auch eine Unterhose anzuziehen.

Als Gigi über die Geschenke unter dem Baum schwärmte, konnte er nicht anders als zu lächeln, vor allem weil Crystal sich an ihn kuschelte – diese kluge Frau, die irgendwann in der Nacht ein Nachthemd angezogen hatte.

Hitze stieg ihm in die Wangen, als sie die Decke zurückschlug, um aus dem Bett zu gleiten. Kyle griff schnell nach der Bettdecke, um sich züchtig zu bedecken.

Ein Grinsen erschien auf Crystals Gesicht und das Weib schien überhaupt keine Reue dafür zu empfinden, einen harten Soldaten zum Erröten zu bringen.

»Hey, meine Süße, was hältst du davon, wenn du und ich schon mal einen Blick auf die ganzen Geschenke unter dem Baum werfen? Mama muss außerdem den Kaffee aufsetzen.«

»Aber was ist mit Kyle?«, wollte Gigi wissen und verrenkte sich den Hals, um sich nach ihm umzudrehen.

»Kyle kommt auch gleich. Er muss nur noch, äh …«

»Pipi machen?«, schlug Gigi äußerst hilfreich vor.

Selbst die härteste Ausbildung in der Armee konnte einen Mann nicht auf diese Art von Arglosigkeit vorbereiten.

Crystal schnaubte vor Lachen und Kyle wünschte sich ein Loch, in dem er sich verstecken konnte.

Als die Damen das Zimmer verlassen hatten, fand Kyle seine Pyjamahose und zog sie an, zusammen mit dem hässlichen Weihnachtspullover, den er sich am Abend zuvor geliehen hatte. Er konnte doch genauso gut schon alles geben.

Er müsste sich darum kümmern, dass seine Kleider rübergebracht wurden. Hoffentlich hatte Crystal etwas Platz für ihn, um sie bei ihr unterzubringen. Oder vielleicht sollten sie darüber nachdenken, einfach eine größere Wohnung für sie alle zu mieten.

Crystal war sich darüber vielleicht noch nicht im Klaren, aber er war hier, um zu bleiben. Er hatte es so gemeint, wie er es ihr in der Nacht zuvor gesagt hatte. Ob sie sich nun schon lange kannten oder nicht, sie war seine Seelenverwandte und er liebte sie. Wahre Liebe basiert auf mehr als nur Aussehen oder Sex. Crystal sorgte dafür, dass er sich nach bestimmten Dingen im Leben sehnte, nach einem Zuhause, einer Familie, einer Zukunft. Zeit, ein Vermächtnis und Traditionen zu beginnen. Oder besser gesagt, eine Tradition fortzusetzen.

Es war fast Zeit für den riesigen Teddy.

Für diejenigen, die es nicht wussten, Kyles Vater hatte beim Militär gedient, was bedeutete, dass er nicht kontrollieren konnte, wann er zu Hause oder unterwegs war. Sein Vater konnte nicht immer sicherstellen, dass er rechtzeitig zu Weihnachten zu Hause sein würde, aber egal, wo er auf der Welt war, Kyle wusste, wenn er am Weihnachtsmorgen aufstand, würde das größte verdammte Stofftier mit seinem pelzigen Hintern unter dem Baum sitzen. Es wurde zur Tradition, bis Kyle sich ebenfalls beim Militär verpflichtete und sein Vater sagte, er sei zu alt für riesige Stofftiere. Kyle war anderer Meinung gewesen, aber egal. Es war endlich an der Zeit, dass er sich nun selbst der Herausforderung des riesigen Teddybären stellte.

Es gab nur ein Problem, denn Crystals Baum war in diesem Jahr nicht groß genug, um ihn darunter zu legen, aber er hatte bereits Pläne für das nächste Jahr.

Doch zuerst mussten sie sich um die Geschenke kümmern, die bereits unter dem Baum lagen. Als er und Crystal auf der Couch Kaffee tranken, teilte Gigi die Pakete eins nach dem anderen aus.

Aus irgendeinem Grund durfte er seines zuerst öffnen.

»Das ist von mir«, verkündetet Gigi, als er das zerknüllte Geschenk betrachtete.

Gespannt darauf, was wohl darin war, packte er es aus und konnte nicht umhin zu lachen, als ihm eine Doppelpackung Hubba Bubba in die Hände fiel.

»Du hast daran gedacht«, sagte er und Gigi strahlte vor Freude.

»Natürlich hat sie daran gedacht. Laut meiner Tochter kannst du die größten Blasen machen.«

Er zwinkerte Crystal zu. »Baby, du weißt doch, an mir ist alles größer.«

Wie sie errötete? Bezaubernd. Er konnte nicht umhin, ihr einen kleinen Kuss auf den Mund zu geben.

Weitere Geschenke wurden geöffnet, darunter auch das, das er für Crystal gekauft hatte.

Crystal zog mit verwirrtem Blick die Pantoffeln hervor. »Ist das nicht der Esel von Shrek?«

»Allerdings. Deine Tochter hat behauptet, du bräuchtest sie unbedingt für deine Füße.«

Als Crystal verwirrt dreinsah, erklärte Gigi seufzend und mit verdrehten Augen: »Erinnerst du dich denn nicht, Mama? Du hast gesagt, du bräuchtest einen Esel für deine Füße.«

Crystal biss sich auf die Lippe und es gelang ihr mit ersticktem Lächeln zu sagen: »Stimmt, meine Süße. Das habe ich.«

»Würdest du mir das erklären?«, bat Kyle, als Gigi sich dem nächsten Geschenk widmete.

Crystal lehnte sich zu ihm und flüsterte: »Einmal war ich ziemlich aufgebracht und habe wohl gesagt, dass es mir guttäte, einen Esel mit Füßen zu treten.«

Kyle hielt sein Lachen nicht zurück und Crystal fiel mit ein.

Eigentlich war der ganze Morgen mit Gelächter und Lächeln erfüllt. Außer als Crystal endlich das andere Geschenk öffnete, das er für sie gekauft hatte und das eigentlich eher ein Geschenk für ihn war. Trotz ihrer geröteten Wangen, als Gigi bemerkte, dass es nicht sonderlich warm aussah, versprach Crystal, es später an diesem Abend vorzuführen. *Das beste Weihnachtsfest aller Zeiten!*

Nachdem alle Geschenke ausgepackt waren, war es Zeit für Gigis letzte Überraschung. Als die Mädchen die Vorzüge von Pfannkuchen gegenüber Waffeln zum Frühstück besprachen, schlich sich Kyle zu seinem draußen geparkten Pritschenwagen hinaus.

Als er zurückkam, waren sie gerade dabei, darüber zu diskutieren, was besser war, echter Ahornsirup oder das Gegenstück aus braunem Zucker. Er stellte den riesigen Panda, an dem er eine kleine Veränderung vorgenommen hatte, auf den Boden.

»Kyle, was machst du denn da?«, rief Crystal.

»Ich bringe Gigi ihr letztes Geschenk.« War ja ziemlich offensichtlich.

»Der ist für mich?« Gigi brachte mit ihrem Lächeln den ganzen Raum zum Strahlen.

Er wackelte den riesigen Teddybären, dem er ein Stoffgeweih an die Krone genäht hatte, vor ihr herum. »Selbstverständlich. Und schau mal, ich habe ihn noch hübscher gemacht.«

»Das hat er tatsächlich«, stellte Crystal lächelnd fest, während sie sich bei ihm unterhakte und den Kopf an seine Schulter lehnte.

Und was Gigi anging, so umarmte sie den

riesigen Teddybären, der fast genauso groß war wie sie.

Nachdem er diese Mission erfüllt hatte, setzte er sich auf die Couch und zog Crystal auf seinen Schoß. Das ganze Wohnzimmer war ein einziges Chaos aus Geschenkpapier, genau wie es am Weihnachtsmorgen sein sollte.

Alle Geschenke waren geöffnet worden, zumindest hatte er das geglaubt, bis er hinter dem Weihnachtsbaum eine knallrote Ecke hervorschauen sah.

Crystal sah es zur gleichen Zeit wie er. »Noch ein Geschenk? Wird sie etwa so verwöhnt?«

»Anscheinend schon, nur dass das Geschenk nicht von mir ist.«

»Also, von mir ist es auch nicht.«

Als sie einander verwirrt anstarrten, ging Gigi hinüber zu dem mysteriösen Geschenk und zog es hervor. Ihr kleiner Finger fuhr über die goldenen Buchstaben auf dem Umschlag.

»Für Gigi«, las sie. »V-o-m Weihnachtsmann.«

Kyle sah Crystal an, die nur mit den Achseln zuckte, doch bevor er sich auf das Geschenk stürzen und es Gigi aus der Hand reißen konnte – beim Militär hatte man ihm ein gesundes Misstrauen gegen nicht identifizierte Pakete eingebläut –, hatte das kleine Mädchen das Papier bereits aufgerissen.

Es explodierte nicht, im Gegensatz zu ihren Trommelfellen, als Gigi kreischte: »Es ist das Lego Friends Einkaufszentrum. Der Weihnachtsmann hat es mir doch noch gebracht, Mama. Sieh nur!«

Crystal murmelte: »Warst du das?«

Er schüttelte den Kopf. »Ich wünschte, ich könnte das Lob dafür einstreichen, allerdings habe ich das Einkaufszentrum nirgendwo finden können.«

»Aber …« Crystal schienen die Worte zu fehlen, um ihren Satz zu beenden.

Und da half es auch nichts, dass der Weihnachtsmann auf dem Tisch just diesen Augenblick dazu wählte, um »Ho, ho, ho, fröhliche Weihnachten« zu sagen, und das trotz der wahrscheinlich leeren Batterie.

Die Härchen an seinen Armen stellten sich auf, aber Kyle schoss nicht mit der Waffe auf die Figur des Weihnachtsmannes. Allerdings würde er es tun, wenn seine Mädchen nicht ein Jahr voller Glück bekamen.

. . .

Einige Tage später ...

Der Minutenzeiger rückte auf Mitternacht und das neue Jahr begann mit dem lärmenden Heulen von Gestaltwandlern, die wild feierten. Kyle und Crystal entschieden sich für etwas Intimeres – und Nacktes.

Als er sie küsste und so das neue Jahr einleitete, löschte er die Liste seiner bisherigen Missionen und plante dann sofort seine erste und wichtigste Aufgabe überhaupt.

Mission Nr. 1: *Meine Familie zu lieben und zu beschützen.*

Für immer.

Und jetzt macht euch bereit, zur Melodie von *Rudolph, the Red-nosed Reindeer* mitzusingen ...

You know Boris and Travis, and Brody and Reid,
   Guys who kick butt and go to extremes.
   But do you recall,

The most vain ex-soldier of all?

KYLE, the technical specialist,
Had a very impressive rack.
And if you ever see it,
Run if he screams »Attack!«

ALL OF HIS SWORN ENEMIES,
Thought that they could call him names,
So he pinned them with his rack
And made them scream until death came.

THEN ONE COLD-ASS CHRISTMAS EVE,
Crystal came and said,
»You pompous jerk, I hate your guts
If you think I'll date you, then you're nuts.«

KYLE SUDDENLY SAW THE LIGHT,
And agreed to do what it would take.
That's when he learned that playing a reindeer,
Could result in some sensual games.

* * *

I҆HR KENNT *ja Boris und Travis und Brody und Reid,*
    Jungs, die was draufhaben und sich was trauen.
    Aber erinnert ihr euch
    an den eingebildetsten Ex-Soldaten von allen?

K҆YLE, *der Technik-Spezialist,*
    Hat ein sehr imposantes Geweih.
    Und wenn du es jemals siehst,
    Lauf, wenn er schreit: »Angriff!«

A҆LLE SEINE T҆ODFEINDE DACHTEN,
    Sie könnten ihn beschimpfen,
    Also hat er sie mit seinem Geweih aufgespießt.
    Und ließ sie schreien, bis sie tot waren.

D҆ANN AN EINEM KALTEN H҆EILIGABEND,
    Kam Crystal und sagte:
    »Du aufgeblasener Idiot, ich hasse dich bis zum Tod.
    Wenn du denkst, dass ich mit dir ausgehe, dann bist du ein Idiot.«

            . . .

KYLE HATTE PLÖTZLICH *Einsicht*
Und stimmte zu, das zu tun, was nötig war.
Da hat er gemerkt, dass das Rentier zu spielen,
zu einigen sinnlichen Spielen führt.

~ Ende ~

BÜCHER VON EVE LANGLAIS

Die Bad Boy Inc.:

- Mein Nachbar, der Attentäter (Buch 1)
- Mein Beschützer, der Winzling (Buch 2)

Lion's Pride:

- Wenn ein Löwe Schnurrt (Buch 1)
- Wenn ein Löwe Brüllt (Buch 2)
- Wenn ein Löwe begehrt (Buch 3) (demnächst erhältlich)

Kodiak Point:

- Die Frau des Kodiakbären (Buch 1)
- Die List der Füchsin (Buch 2)
- Die Wandlung des Eisbären (Buch 3)
- Die Verführung des Wolfes (Buch 4)
- Die Liebe des Grizzlys (Buch 5)
- Das Geschenk des Karibus: Ein Held mit Geweih und Gesinnung (Buch 6)

Und auch die folgenden Bücher von Eve Langlais werden in Kürze auf Deutsch erhältlich sein:

Aus der Reihe »Die Bad Boy Inc.«:

Deadly Match (Buch 3)

Hitman Wedding (Buch 4)

Killer Daddy (Buch 5)

Aus der Reihe »Lion's Pride«:

A Tiger's Bride (Buch 4)

When A Lioness Snarls (Buch 5)

When A Lioness Pounces (Buch 6)

When A Lioness Growls (Buch 7)

WWW.EVELANGLAIS.COM

www.ingramcontent.com/pod-product-compliance
Lightning Source LLC
LaVergne TN
LVHW041636060526
838200LV00040B/1590